UNION GÉNÉRALE D'ÉDITIONS
8, rue Garancière - Paris VIe

LA PERLE
DE L'EMPEREUR

Le retour du Juge Ti

PAR

ROBERT VAN GULIK

Traduit de l'anglais
par Roger GUERBET

10|18

Série « *Grands Détectives* »
dirigée par Jean-Claude Zylberstein

**Titre original
de l'édition anglaise :**
The Emperor's Pearl

LES PERSONNAGES

En Chine, le nom de famille
(imprimé ici en majuscules)
précède toujours le nom personnel.

PERSONNAGES PRINCIPAUX :

TI Jen-tsie,
magistrat de Pou-Yang, florissant district de la Chine
centrale, que traverse le Grand Canal.

HONG Liang,
vieux serviteur de la famille Ti ; c'est le conseiller
et l'homme de confiance du juge, qui en a fait
un Sergent du tribunal.

PERSONNAGES JOUANT UN RÔLE
DANS L'AFFAIRE DU TIMBALIER MORT :

PIEN Kia,
docteur en médecine.

TONG Mai,
étudiant besogneux.

SIA Kouang,
autre étudiant besogneux,
ami du précédent.

PERSONNAGES JOUANT UN RÔLE
DANS L'AFFAIRE DE L'ESCLAVE ASSASSINÉE :

KOU Yuan-liang,
riche collectionneur.

Lotus d'Or,
Première Épouse de KOU Yuan-liang.

Madame Ambre,
*belle esclave devenue Seconde Épouse
de KOU Yuan-liang.*

PERSONNAGES APPARAISSANT DANS L'AFFAIRE
DE LA PERLE DE L'EMPEREUR :

YANG,
propriétaire d'un grand magasin d'antiquités.

KOUANG Min,
marchand de produits pharmaceutiques de la capitale.

SOUEN,
collègue et ami du précédent.

AUTRES PERSONNAGES :

CHENG Pa,
Maître de la Guilde des Mendiants.

8

Mademoiselle LIANG Violette,
Lutteuse devenue propriétaire d'une salle d'éducation physique.
Elle est d'origine mongole et s'appelait en cette langue :
Altan Tsetseg Khatoun,
ce qui veut dire :
« Princesse Fleur Dorée ».

Mademoiselle PIVOINE (nom de famille LI),
Jeune prostituée, pensionnaire d'une maison de joie.

I

Une statue entend de singuliers propos ;
un vieux prêtre reste sourd
à l'offre d'un inconnu.

L'homme de haute taille alluma un bâtonnet
d'encens devant l'autel consacré à la Déesse du
Fleuve.

Après l'avoir fixé dans le brûle-parfum en
bronze, il leva les yeux vers le visage serein de la
statue. Une lampe à huile accrochée aux chevrons noircis de la petite chapelle éclairait d'une
lumière incertaine l'image de la Déesse qui,
l'espace d'une seconde, sembla sourire.

— Oh, tu peux être contente ! dit l'homme
avec amertume. Là-bas, dans ton bosquet sacré,
tu as permis que cette fille s'échappât au
moment même où son sang allait gicler sur toi.
Mais ce soir je t'ai choisi une nouvelle victime,
et, cette fois...

Il s'interrompit pour lancer un regard inquiet
au vieux prêtre vêtu d'une robe rapiécée, assis à
l'entrée de la chapelle. Le vieillard venait de

lever la tête et regardait la berge du fleuve gaiement décorée de lampions multicolores ; au bout d'un instant, il se pencha de nouveau sur son livre de prières sans avoir prêté attention au visiteur.

Celui-ci reprit sa contemplation. Le bois de la statue n'était ni peint ni verni, et le sculpteur en avait adroitement utilisé le grain pour donner plus de relief aux plis de la robe qui tombait des rondes épaules. La Déesse était assise jambes croisées sur une fleur de lotus aux nombreux pétales, la main gauche posée sur ses genoux, la droite levée dans un geste de bénédiction.

— Que tu es belle ! murmura l'homme d'une voix rauque. Les yeux fixés sur le visage immobile, il continua : Dis-moi donc pourquoi toute beauté est forcément mauvaise ? Les charmantes tentatrices nous séduisent par des sourires réservés et de timides œillades... mais dès que nous sommes à leurs pieds, elles nous repoussent avec un rire dédaigneux, nous brisent le cœur et hantent éternellement notre esprit. Ses mains s'agrippèrent au rebord de l'autel tandis qu'une lueur démente s'allumait dans ses yeux.

— Il est juste qu'elles soient punies, marmonna-t-il d'un ton irrité. Il est juste que le couteau soit plongé dans leur cœur perfide quand elles gisent, nues, sur ton autel. Il est juste...

12

Il tressaillit. Une ride de mécontentement ne venait-elle pas d'apparaître sur le front lisse de la Déesse, près de la perle qui en ornait le centre ? Non, c'était seulement l'ombre d'un papillon voletant autour de la lampe. Rassuré, il essuya la sueur qui coulait sur son visage, puis, serrant les lèvres, il lança un regard ambigu à la grande figure sculptée et fit demi-tour.

Il alla jusqu'au vieux prêtre toujours absorbé par ses prières et lui toucha l'épaule.

— Ne pourriez-vous laisser votre Déesse seule ce soir ? demanda-t-il avec une gaieté feinte. Une fois n'est pas coutume, et les Bateaux-Dragons vont bientôt prendre le départ. Voyez... ils se mettent déjà en ligne sous le pont de marbre !

Il sortit une poignée de sapèques de sa manche et ajouta : Prenez ceci et allez vous offrir un bon dîner dans l'auberge du village.

Le vieillard leva sur lui un regard las. Sans toucher aux piécettes de cuivre, il répondit :

— Je ne peux pas la quitter, Vénérable Seigneur. Elle fait payer trop cher la moindre offense.

Il courba de nouveau sa tête grise sur le livre de prières.

Malgré lui l'inconnu frissonna. Crachant un juron obscène, il passa rapidement près du vieux prêtre et descendit les marches qui menaient au chemin du bord de l'eau. Il lui faudrait pousser son cheval s'il voulait être de retour à Pou-yang avant la fin de la course.

II

Le juge Ti perd une partie de dominos;
une course de bateaux se termine
de façon tragique.

— Et voilà le six que j'attendais! s'écria le juge Ti avec satisfaction en ajoutant un domino à ceux qui formaient devant lui un dessin compliqué.

Ses épouses ne répondirent pas; elles étudiaient leur jeu, et, dans ce début de crépuscule, il devenait difficile de distinguer les points rouges sur le bambou des dominos. Les quatre joueurs étaient assis sur la haute plate-forme arrière de la barge officielle, ancrée un peu à l'écart des embarcations qui s'alignaient, étrave contre étambot, le long de la rive du Grand Canal. On était le Cinq de la Cinquième Lune, jour de la Fête des Bateaux-Dragons, et, depuis le commencement de l'après-midi, les citoyens de Pou-yang sortaient en foule de la Porte Sud pour gagner l'endroit du canal où devait se terminer la course. Une tribune s'y dressait déjà ; c'était là que, plus tard, le juge Ti remettrait leurs récompenses aux équipages rivaux.

On ne demandait au magistrat du district que cette unique contribution à la cérémonie, mais le juge Ti, désireux de prendre une part plus personnelle aux fêtes des populations confiées à ses soins, avait voulu assister à la course depuis son début. Une heure avant le coucher du soleil, trois palanquins le transportèrent donc avec sa suite jusqu'à la grande barge à présent ancrée face à la tribune. Lorsqu'ils furent à bord, le juge et ses trois épouses dînèrent simplement de riz et de potage sucré, comme les milliers de citoyens entassés sur des sampans le long des deux rives du canal. Après ce repas, ils entamèrent une partie de dominos en attendant que l'apparition de la lune donnât le signal du départ. La chaleur était moins accablante à présent. Des bruits de rires et de chansons arrivaient jusqu'à eux. De tous côtés s'allumaient les lampions accrochés en guirlandes multicolores aux mâts des bateaux, et leur lumière se reflétait gaiement sur la surface sans ride de l'eau sombre.

Le spectacle était féerique, mais le juge et ses trois compagnes n'y prêtaient guère attention. Les dominos étaient leur passe-temps favori, et tous quatre se donnaient entièrement à ce jeu qu'ils pratiquaient dans sa forme la plus compliquée.

Le moment de la décision approchait. La Troisième Épouse choisit un domino parmi ceux disposés devant elle. En le posant à la suite des autres pièces, elle dit aux petites servantes accroupies près du réchaud à thé :

— Allumez aussi nos lampions, on y voit à peine !

— Je passe, annonça le juge Ti. Il leva la tête d'un air contrarié en voyant apparaître leur vieux majordome. Qu'y a-t-il encore ? demanda-t-il. Le mystérieux visiteur est-il revenu ?

Une demi-heure plus tôt, au moment où le juge et ses épouses interrompaient leur partie pour s'accouder un instant au bastingage, un sampan s'était approché de la barge. Mais lorsque le majordome voulut annoncer le visiteur, celui-ci déclara qu'après tout il préférait ne pas déranger le magistrat.

— Non, Votre Excellence, répondit respectueusement le vieux serviteur. Ce sont le Dr. Pien et Monsieur Kou.

— Fais-les monter, ordonna le juge avec un soupir. Pien Kia et Kou Yuan-liang étaient les organisateurs de la course. Le juge les connaissait seulement de vue, car ils n'appartenaient pas au petit cercle de notables que lui faisaient rencontrer ses fonctions officielles. Le Dr. Pien était un médecin réputé et possédait un grand magasin dans lequel se débitaient toutes les drogues propres à guérir ses malades. Monsieur Kou était un riche collectionneur d'objets anciens.

— Ils ne resteront pas longtemps, dit le juge à ses épouses en souriant pour les rassurer.

Madame Première fit une petite moue.

— J'espère que personne ne touchera aux dominos, déclara-t-elle en tournant ses pièces face contre table.

Ses compagnes l'imitèrent, puis toutes trois se rendirent derrière un grand paravent placé en travers de la poupe, les convenances ne permettant pas aux dames de paraître devant des étrangers.

Le juge s'était levé. Il répondit par une inclination de la tête aux profondes révérences des deux hommes qui, la mine solennelle, s'avançaient vers lui. Les nouveaux venus étaient tous deux grands et portaient de légères robes d'été en soie blanche et des bonnets de gaze noire.

— Asseyez-vous, Messieurs ! dit aimablement le magistrat. Vous venez m'avertir que tout est prêt pour la course, j'imagine ?

— Oui, Noble Juge, répondit le Dr. Pien d'une voix aux intonations sèches et précises. Il y a un instant, lorsque Monsieur Kou et moi-même avons quitté le pont de marbre, les neuf Bateaux-Dragons étaient rangés sur leur ligne de départ.

— Avez-vous trouvé de bons équipages ? demanda le juge Ti.

Voyant la servante repousser les dominos pour disposer des tasses sur la table, il lui cria :

— Ne dérangez pas ces pièces, voyons !

Il les remit face contre table pendant que le Dr. Pien répliquait :

— La population de Pou-yang s'est montrée encore plus enthousiaste que de coutume, Noble Juge. Les douze rameurs de chaque bateau ont été recrutés en un rien de temps. Je crois que la lutte sera chaude, car l'équipage du Numéro Deux est composé de bateliers du Grand Canal, bien déterminés à battre ceux de la ville ! Monsieur Kou et moi avons veillé à ce que tous ces hommes mangent un morceau et l'arrosent de quelques tasses de vin à l'auberge de Pont-de-Marbre, le village ainsi nommé en raison du pont tout proche. A présent, les concurrents brûlent de s'affronter !

— C'est votre bateau le favori, Dr. Pien, dit Kou Yuan liang, mi-figue, mi-raisin. Le mien n'a aucune chance, il est trop lourd.

— Mais il mettra une note historique dans la course, Monsieur Kou, affirma le juge. J'ai appris qu'il était la réplique exacte des Bateaux-Dragons de nos ancêtres.

Un sourire heureux sur son beau visage, Monsieur Kou répondit :

— Mon but principal, en prenant part à la course, est de faire respecter les vieilles traditions.

Le juge Ti hocha la tête approbativement. Il savait que Monsieur Kou avait consacré sa vie aux études archéologiques et collectionnait les objets d'art avec passion. Il pensa qu'un de ces jours il lui demanderait de lui montrer ses rouleaux de peintures. Tout haut, il dit :

— J'aime vous entendre parler ainsi, Monsieur Kou. Depuis les temps les plus anciens on célèbre chaque année la Fête des Bateaux-Dragons dans toutes les régions de l'Empire Fleuri où se trouve un fleuve, un canal ou un lac. Les fêtes saisonnières sont les seuls moments de détente dont jouissent nos populations laborieuses.

— Les habitants de ce district croient que les courses de Bateaux-Dragons sont agréables à la Déesse du Fleuve, expliqua le Dr. Pien. D'après eux, elles assurent aux fermiers la pluie nécessaire à leurs cultures et aux pêcheurs du poisson en abondance.

Il tortilla sa moustache dont le noir de jais

faisait paraître plus pâle encore son long visage impassible.

— Dans l'Antiquité cette fête n'était pas aussi innocente qu'aujourd'hui, dit à son tour Monsieur Kou. Elle comportait des sacrifices humains. A la fin de l'épreuve, un jeune homme était gorgé dans le temple de la Déesse. On l'appelait « Le Fiancé de la Dame Blanche », et sa famille en retirait un grand honneur.

— Notre Gouvernement éclairé a heureusement aboli ces cruelles pratiques depuis des siècles, constata le juge Ti.

— Les vieilles coutumes ne meurent pas aisément, répliqua le Dr. Pien. A présent, le canal joue un rôle beaucoup plus important que le fleuve pour la pêche et la batellerie, mais les gens d'ici n'en continuent pas moins à vénérer la Déesse. Je me souviens qu'il y a quatre ans un bateau chavira pendant la course et un homme fut noyé. Eh bien, la population locale y vit un bon présage, prometteur d'une abondante récolte pour l'automne.

Kou jeta un coup d'œil embarrassé au médecin. Il posa sa tasse et se leva en disant :

— Avec la permission de Votre Excellence, nous allons nous rendre à la tribune afin de voir si tout est bien prêt pour la distribution des récompenses.

A son tour, le Dr. Pien se leva et les deux

hommes prirent congé du magistrat avec de profondes révérences.

Dès qu'ils eurent disparu, les trois épouses du juge Ti quittèrent l'abri du paravent et vinrent se rasseoir à la table. Madame Troisième regarda le talon et dit vivement :

— Il n'en reste pas beaucoup. En place pour le combat final !

Les petites servantes apportèrent du thé frais, et, bientôt, les quatre joueurs furent de nouveau plongés dans leur partie. Caressant doucement sa longue barbe noire, le juge Ti calcula ses chances. Son dernier domino était un trois-et-blanc. Tous les trois étaient déjà posés, mais quelqu'un devait avoir un double-blanc. S'il sortait, il avait gagné. Examinant l'expression animée de ses partenaires, il se demanda entre les mains de laquelle se trouvait ce domino.

Non loin d'eux, une explosion fit vibrer l'air, suivie d'une série de crépitements.

— Dépêchez-vous, voilà le feu d'artifice qui commence, dit le juge avec impatience à Madame Deuxième, assise à sa droite.

La jeune femme hésita, tapotant d'un geste gracieux sa brillante chevelure noire, puis elle posa un double-quatre sur la table.

— Je passe, répéta le juge Ti, déçu.

— J'ai gagné ! s'écria triomphalement la Troi-

22

sième épouse. Elle montra son dernier domino :
un quatre-et-cinq.

— Félicitations ! lança le juge. Mais laquelle
de vous a gardé le double-blanc ? J'ai attendu en
vain ce maudit domino !

— Ce n'est pas moi ! répondirent en chœur
Madame Première et Madame Deuxième en
montrant les pièces qui leur restaient.

— C'est étrange, constata le juge en fronçant
les sourcils. Je vois seulement un double-blanc
sur la table et il n'y a plus de talon. Où peut-il
être passé ?

— Il est probablement tombé sur le tapis, dit
la Première Épouse.

Tous se penchèrent pour regarder sous la
table. Le double-blanc ne s'y trouvait pas.
Chacun secoua sa robe. Le double-blanc
demeura invisible.

— Les servantes auront oublié de le mettre
dans la boîte, suggéra la Seconde Épouse.

— Impossible, répliqua le juge. Quand j'ai
sorti les pièces, avant la partie, je les ai comp-
tées comme d'habitude.

Un long sifflement fut suivi d'une nouvelle
explosion, et une pluie d'étoiles de toutes les
couleurs illumina le canal.

— Regardez ! cria Madame Première. Quel
magnifique spectacle !

Tous allèrent s'accouder au bastingage. Les

fusées montaient à présent de partout, accompagnées de la détonation presque incessante des pétards. Soudain, la foule poussa un grand cri : la lueur argentée du croissant lunaire venait d'apparaître dans le ciel. Les Bateaux-Dragons devaient quitter maintenant le pont de marbre, à une lieue en aval. Les derniers pétards éclatètent, puis l'on n'entendit plus qu'un murmure de voix excitées. Les habitants de Pou-Yang engageaient leurs paris.

— Aujourd'hui, s'écria le juge avec bonne humeur, chaque citoyen, fût-il le plus pauvre de la ville, hasarde quelques pièces de cuivre. Parions aussi !

Madame Troisième battit des mains et dit :

— Je mets cinquante sapèques sur le Numéro Trois. Pour montrer au Dieu de la Chance que je ne l'oublie pas !

— Je mets cinquante sapèques sur le bateau du Dr. Pien, le favori, déclara la Première Épouse.

— Et moi, j'en mets cinquante sur le bateau de Monsieur Kou, dit à son tour le juge Ti. Pour soutenir la tradition.

Il y eut des rires, puis le juge et ses épouses continuèrent d'échanger des plaisanteries de circonstance en buvant sans hâte des tasses de thé.

Enfin, ils virent les passagers des embarcations voisines se lever vivement tandis que toutes les têtes se tournaient vers le coude du Grand Canal. C'est de cet endroit qu'allaient déboucher les Bateaux-Dragons engagés dans la phase finale de la course.

Le juge et ses compagnes regagnèrent le bastingage ; eux aussi commençaient à sentir les effets de la fiévreuse atmosphère qui régnait à présent sur le canal.

Deux sampans se détachèrent des autres embarcations et allèrent s'ancrer au milieu de l'eau, en face de la tribune officielle. Leurs occupants déployèrent de grands drapeaux rouges. C'étaient les arbitres.

Un bruit de tambour s'entendit au loin. Les bateaux approchaient, encore invisibles, puis le Numéro Neuf se montra soudain, déclenchant des cris variés dans la foule. Douze rameurs, assis deux par deux, faisaient avancer l'étroite et longue embarcation. Ils maniaient vigoureusement leurs rames suivant le rythme donné par une grosse timbale placée au centre du bateau. Nu jusqu'à la ceinture, un grand gaillard aux larges épaules frappait frénétiquement la caisse avec deux battes de bois. Le barreur, penché sur la longue rame qui servait de gouvernail, criait à tue-tête ses ordres à l'équipage. Des gerbes d'écume jaillissaient devant la haute étrave à laquelle un artisan local avait donné la forme d'une tête de dragon cornu roulant des yeux terribles.

— C'est le bateau de Pien, je vais gagner! s'écria la Première Épouse.

Mais quand l'arrière représentant la queue onduleuse de la bête devint visible, l'étrave d'un second bateau apparut à son tour, et les mâchoires grandes ouvertes de sa tête d'animal fabuleux semblaient prêtes à se refermer sur l'appendice caudal de son prédécesseur.

— Voici le Numéro Deux, monté par les bateliers du canal, fit observer le juge Ti. Ils ne ménagent pas leurs efforts.

Le timbalier du nouvel arrivant, un petit homme sec et nerveux, tapait comme un forcené sur sa caisse en hurlant sans arrêt des encouragements à ses rameurs. Petit à petit, ils gagnaient sur le Numéro Neuf. Lorsque sa tête de dragon fut au niveau de la queue de l'autre, les vociférations des spectateurs couvrirent le bruit des timbales.

Quatre autres bateaux tournèrent le coude du canal, mais personne ne fit attention à eux, tous les regards restant fixés sur le Neuf et le Deux. Les bras musclés des rameurs de ce dernier se déplaçaient avec une rapidité incroyable, mais la distance entre les deux embarcations demeurait égale. Les adversaires étaient assez proches maintenant pour que le Juge Ti pût distinguer le large sourire du premier timbalier. Une centaine de toises à peine séparait son bateau du but. Les arbitres baissèrent leurs drapeaux pour indiquer la ligne d'arrivée.

Soudain, l'homme cessa de taper sur son instrument. Pendant quelques secondes, il contempla d'un air étonné son bras immobile, puis il s'affaissa. Ses camarades levèrent les yeux vers lui ; deux rames s'entrechoquèrent, le bateau s'inclina sur le côté et ralentit son allure. Les deux Bateaux-Dragons passèrent ensemble sous les drapeaux rouges, mais Le Numéro Deux avait une demi-longueur d'avance sur son adversaire.

— Le pauvre diable vient d'avoir une défaillance physique, constata le juge Ti. Ils ne devraient pas boire comme cela avant de...

Sa voix fut couverte par les applaudissements de la foule. Pendant que les Numéros Deux et Neuf se rangeaient devant la tribune, les sept autres Bateaux-Dragons franchirent à leur tour la ligne d'arrivée, accueillis par les applaudissements renouvelés des spectateurs. Le feu d'artifice reprit de plus belle.

Un sampan s'approcha de la barge officielle. Le juge Ti se tourna vers ses épouses et leur dit :

— On vient me chercher pour remettre les récompenses aux vainqueurs. Le majordome vous aidera à monter dans votre palanquin et vous escortera jusqu'au Yamen. Je vous y rejoindrai dès que la cérémonie sera terminée.

Ses trois épouses lui firent une gracieuse révérence et il descendit les marches conduisant à la coupée. Le Dr. Pien et Monsieur Kou l'y attendaient. En montant sur leur embarcation, le juge dit au premier :

— Je suis désolé que votre bateau ait perdu, Dr. Pien. J'espère que le timbalier n'a rien de grave.

— Je vais m'en assurer tout de suite, Noble Juge, mais le gaillard est solide et ne sera pas long à revenir à lui. Il appartient à une race robuste !

Kou Yuan-liang tiraillait nerveusement sa mince moustache ; il ouvrit la bouche pour dire quelque chose, puis se ravisa.

Lorsque le juge et ses compagnons débarquèrent sur le quai, ils furent accueillis par le Chef des sbires et six de ses hommes qui saluèrent respectueusement le magistrat. Le Dr. Pien et Monsieur Kou le conduisirent ensuite à la tribune. Son vieil assistant, le Sergent Hong, l'attendait en haut des marches. Il indiqua une loge faite d'écrans de bambou à son maître, et, tandis qu'il l'aidait à revêtir sa robe officielle en brocart vert, le juge Ti remarqua d'un ton satisfait :

— Cette petite sortie a été très agréable, Hong !

Il fixa sur sa tête le bonnet en velours noir à grandes ailes et ajouta :

— Rien de nouveau au Tribunal ?

— Seulement les affaires courantes, Votre Excellence. J'ai laissé partir les commis du greffe à six heures. Ils étaient ravis de pouvoir assister à la course !

— Très bien. Pendant que je ferai mon discours, va sur le quai, et vois comment se porte le timbalier du bateau Numéro Neuf. Le pauvre garçon a perdu connaissance au moment où il touchait au but.

Le juge gagna la plate-forme. Il vit la foule assemblée au-dessous de lui et, tout près de l'escalier, les équipages des Bateaux-Dragons que les sbires avaient fait s'aligner. Le patron de chaque équipage gravit les marches de la tribune pour recevoir des mains du juge Ti un paquet enveloppé de papier rouge, accompagné de quelques paroles aimables. Chaque paquet contenait un gâteau de riz et une petite somme d'argent.

Le juge fit ensuite une courte allocution dans laquelle il souhaita aux habitants de Pou-yang chance et prospérité pour le reste de l'année. La foule applaudit de toutes ses forces, et le magistrat revint dans la loge où l'attendait le Sergent Hong.

L'air soucieux, ce dernier lui dit :

— Le timbalier est mort, Votre Excellence. Le Contrôleur-des-Décès affirme qu'il a été empoisonné.

III

Deux notables disent grand bien d'un mort;
Monsieur Yang rapporte au juge
des propos villageois.

Le juge Ti contempla sans mot dire le corps
du timbalier qu'on venait d'étendre sur une
natte de roseaux, dans la petite loge de la
tribune. Le Contrôleur-des-Décès était accroupi
près du cadavre. Présent parmi la foule amassée
sur le quai pour voir l'arrivée de la course, il
avait pu lui jeter un coup d'œil rapide au
moment où on le descendait à terre. Il procédait
maintenant à un examen plus approfondi.

Lorsque le Dr. Pien le vit introduire un
bâtonnet d'argent dans la bouche du mort, il
quitta le coin où il se trouvait en compagnie de
Kou Yuan-liang et s'approcha.

— Nous perdons notre temps, Votre Excellence, dit-il avec une pointe d'irritation dans la
voix. Je suis certain que c'est son cœur qui a
flanché. Tous les symptômes le démontrent!

— Attendons que le Contrôleur-des-Décès

ait terminé son examen, répliqua sèchement le juge Ti.

Il regarda le corps musclé, vêtu seulement d'un morceau d'étoffe autour des reins. Malgré le rictus qui tordait le visage du mort, on voyait à la régularité des traits et à la largeur du front lisse que le défunt appartenait à la classe culti-vée, alors que l'équipage des Bateaux-Dragons se recrutait d'ordinaire parmi les commis de boutique ou les simples coolies.

— Pourquoi pensez-vous au poison? demanda-t-il quand le Contrôleur-des-Décès se releva. Vous avez entendu le diagnostic du Dr. Pien; pour lui, cet homme est mort des suites d'un malaise cardiaque.

— Outre les signes d'un malaise de ce genre, Votre Excellence, il y a de petits points pourpres à l'extrémité des doigts et des orteils, et je viens de vérifier que la langue est enflée et couverte de taches noirâtres. Il se trouve que je suis né dans le sud de notre Empire Fleuri, et je sais que les montagnards de cette région fabriquent un poison lent qui produit exactement ces symptô-mes. Dès que j'eus constaté la présence de points rouges à l'extrémité des doigts, je compris que l'homme avait été tué avec ce poison-là.

Le Dr. Pien se pencha sur le cadavre. Le Contrôleur-des-Décès ouvrit la bouche du mort avec son bâtonnet d'argent pour permettre au

32

médecin d'en voir l'intérieur. Le Dr. Pien fit un signe affirmatif de la tête et dit au juge d'un ton contrit :

— Votre Contrôleur-des-Décès a raison, Noble Juge. Je me suis trompé. Je me souviens, à présent, avoir lu une description des effets de ce poison. Absorbé à jeun, les premiers symptômes apparaissent au bout d'un quart d'heure environ, mais après un repas copieux, il peut se passer une heure ou davantage avant qu'il agisse.

— Comme cet homme était timbalier sur votre bateau, je suppose qu'il faisait partie de vos employés ?

— Non, Noble Juge. C'était un étudiant pauvre. Il se nommait Tong Mai. Lorsque nous avions beaucoup de travail à la pharmacie, on l'embauchait pour donner un coup de main aux commis.

— Il n'avait pas de famille ici ?

— Jusqu'à ces dernières années, Votre Excellence, il a vécu auprès de ses parents qui possédaient une assez belle villa dans les environs de Pou-yang. Puis son père fit de mauvaises affaires et perdit toute sa fortune ; il vendit alors la maison et regagna sa ville natale, dans le nord. Tong Mai resta ici. Il espérait subvenir à ses besoins en faisant de menus travaux, ce qui lui aurait permis de terminer ses études de Littéra-

33

ture Classique dans notre Temple de Confucius avant de rejoindre ses parents. Gai, facile à vivre, il pratiquait les sports, la boxe en particulier dans laquelle il excellait. Mes employés l'aimaient beaucoup, c'est pourquoi ils lui ont demandé d'être le timbalier de notre bateau.

Il jeta un regard attristé au mort.

— Tong savait se rendre utile, fit remarquer Monsieur Kou. Son père s'y connaissait en antiquités, et Tong n'avait pas son pareil non plus pour dénicher les belles pièces.

— Comment étiez-vous entré en relations avec lui, Monsieur Kou ? demanda le juge.

— Il venait souvent me voir de lui-même, Votre Excellence. Tantôt il m'apportait une jolie porcelaine, tantôt un vieux bronze qu'il avait eu pour pas cher. Je suis d'accord avec le Dr. Pien, c'était un très gentil garçon.

— Cela n'a pas empêché quelqu'un de l'assassiner, constata le juge Ti. Connaît-on une personne qui pouvait lui en vouloir pour une raison ou une autre ?

Le Dr. Pien interrogea Monsieur Kou du regard. Celui-ci haussa les épaules, et le médecin répondit :

— Non, Noble Juge. Mais je dois ajouter que Tong fréquentait de singuliers personnages... des vagabonds ou des piliers de clubs de boxe populaires. Peut-être qu'à la suite d'une querelle

34

avec l'un de ces coquins... Il n'acheva pas sa phrase.

Le juge Ti trouva le Dr. Pien très pâle et très nerveux. La mort soudaine de son employé occasionnel semblait lui avoir causé un grand choc. Ou bien était-ce son diagnostic erroné qui le dépitait ? S'adressant à Monsieur Kou, le juge demanda :

— Où Tong habitait-il ?

— Dans le quartier sud-ouest, Votre Excellence. Non loin de la Rue de la Demi-Lune. J'ignore l'adresse exacte, mais on peut la demander à son ami Sia Kouang. Sia est aussi un étudiant besogneux et un boxeur amateur ; il s'occupe d'antiquités comme le faisait son camarade avec lequel il partageait une soupente au-dessus de la boutique d'un fripier. Il a promis de m'aider à garer mon bateau, aussi ne doit-il pas être loin.

— Qu'on aille chercher ce jeune homme, commanda le juge Ti au Contrôleur-des-Décès.

— Il a regagné Pou-yang, dit vivement le Dr. Pien. Je l'ai croisé en venant ici. Il se dirigeait vers la Porte Sud. Impossible de ne pas le reconnaître avec cette vilaine cicatrice sur sa joue gauche.

— Tant pis, se contenta de dire le magistrat. Il vit que Kou Yuang-liang changeait constamment de position, comme un homme pressé de partir.

— Eh bien, Messieurs, conclut-il, je vais procéder à une enquête. Ne parlez pas de meurtre pour l'instant. Dites simplement que Tong a succombé à un malaise cardiaque. Veuillez vous trouver tous deux à l'audience du tribunal demain matin. En reconduisant ces Messieurs, Hong, demande au Chef des sbires de venir ici.

Quand Pien et Kou furent sortis, le juge dit au Contrôleur-des-Décès :

— Je suis heureux de voir que vous connaissez bien votre métier. Si vous ne vous étiez pas trouvé là, je me serais fié au diagnostic du Dr. Pien, et, prenant cet assassinat pour un simple accident, j'aurais classé l'affaire. A présent, allez au Tribunal rédiger votre rapport.

Le Contrôleur-des-Décès quitta la petite loge, un sourire satisfait sur les lèvres. Lorsqu'il fut parti, le magistrat se mit à marcher de long en large, les mains derrière le dos. Quand Hong reparut avec le Chef des sbires, il dit à ce dernier :

— Allez chercher les vêtements du mort.

— Ils sont ici, Votre Excellence. Le Chef des sbires prit un ballot sous la table et l'ouvrit. Voici le pantalon et la ceinture qu'il portait ainsi que ses chaussons. Ceci est sa vareuse que nous avons trouvée sous la timbale du bateau.

Le juge Ti fourra sa main dans la manche gauche de la vareuse et en sortit une carte d'identité au nom de Tong Mai, un diplôme certifiant que ledit Tong Mai avait passé avec succès l'Examen Littéraire du Premier Degré, et deux pièces d'argent enveloppées dans du papier de soie. Remettant le tout à l'intérieur de la manche, il dit à Hong :

— Porte ces vêtements au Tribunal.

A l'adresse du Chef des sbires, il ajouta :

— Commandez à vos hommes de rouler le corps dans cette natte et de le déposer dans une cellule de la prison. Allez vous-même à l'endroit où habitait Tong et ramenez Sia Kouang. Je l'interrogerai tout à l'heure au Tribunal.

Le Chef des sbires s'inclina et sortit. Tout en aidant le juge à ôter sa robe officielle, Hong demanda :

— Qui peut bien avoir assassiné cet étudiant, Votre Excellence ? J'aurais cru...

— Assassiné ? lança derrière eux une voix caverneuse. On m'a dit qu'il s'agissait d'un accident !

Le juge pivota sur lui-même avec colère, mais il retint la verte réplique qui lui montait aux lèvres en reconnaissant le colosse debout dans l'embrasure de la porte. C'était Yang, le propriétaire du grand magasin d'antiquités qui faisait face au Temple de Confucius. Le juge allait souvent admirer les objets précieux exposés là, aussi répondit-il d'un ton relativement aimable :

— Il s'agit bien d'un meurtre, Monsieur Yang, mais je vous prie de garder cela pour vous.

Le géant haussa ses gros sourcils. Son visage aux traits accusés, hâlé par le soleil, s'ornait d'une barbiche et d'une moustache aux poils hérissés.

— Entendu, Noble Juge, dit-il, tandis qu'un sourire découvrait lentement ses dents blanches et régulières. Il ajouta :

— J'étais venu pour apprendre ce qui s'était réellement passé, car les pêcheurs racontent que la Dame Blanche l'a emporté !

— La Dame Blanche ? interrogea le juge.

— Les gens de la campagne appellent ainsi la Déesse du Fleuve, Votre Excellence. Les pêcheurs sont ravis qu'un homme soit mort pendant la course. Ils pensent que la Déesse ayant eu son dû, le poisson sera abondant toute l'année.

Le juge Ti haussa les épaules.

— Pour le moment, dit-il, nous laisserons croire à l'assassin que les autorités partagent la croyance populaire.

— Comment a-t-il été tué, Votre Excellence ? Je ne vois pas de sang.

— Si vous voulez connaître les détails, il faudra venir demain à l'audience, dit le juge d'un ton plus sec. A propos, puisque Tong Mai s'occupait d'antiquités, vous le connaissiez sûrement ?

Yuang secoua sa tête massive.

— J'ai entendu parler de lui, Votre Excellence, mais je ne l'ai jamais rencontré. J'ai ma méthode personnelle d'approvisionnement et je ne crains pas ma peine ! Qu'il pleuve ou qu'il vente, je vais par tous les chemins à la recherche de paysans qui auraient mis à jour des objets anciens. Cela me tient en bonne santé et me procure des pièces authentiques. L'autre jour, ...

— Alors, vous connaissez peut-être son ami Sia Kouang ?

— Non, Noble Juge. Je suis désolé, mais je ne l'ai jamais rencontré non plus.

Yang plissa davantage son front ridé.

— Le nom ne m'est pas inconnu, mais c'est tout. Pour en revenir à ce que je disais, l'autre jour j'ai déniché, dans un temple situé à l'est de notre bonne ville, une vieille peinture qui ne manquera pas d'intéresser Votre Excellence. Elle est en parfaite condition, et...

— Je passerai un de ces jours dans votre magasin, Monsieur Yang. Pour l'instant, je suis plutôt pressé ; il faut que je rentre au Tribunal.

L'antiquaire s'inclina et prit congé.

— J'aime toujours bavarder avec Yang, confia le juge au Sergent Hong. Sa science des choses anciennes est extraordinaire et il a pour elles un goût sincère, mais ce soir il est arrivé à un mauvais moment !

Mettant sa petite calotte noire sur la tête, il poursuivit avec un pâle sourire :

— Puisque nos trois lieutenants sont en congé et que nous ne les reverrons qu'après-demain, il nous faudra débrouiller cette affaire tous les deux, mon brave Hong !

— Quel dommage que Ma Jong et Tsiao Taï aient emmené Tao Gan avec eux, Noble Juge ! répondit le Sergent d'un ton pensif. Ce fin matois était l'homme qu'il fallait dans une affaire d'empoisonnement.

— Ne t'inquiète pas, mon vieil ami, nous nous en tirerons à notre honneur ! A présent, je vais monter à cheval et me rendre à Pont-de-Marbre. De toute évidence, le poison a été introduit dans la nourriture ou la boisson de Tong Maï pendant que les équipages festoyaient avant la course. Je verrai un peu comment sont les choses là-bas. Toi, tu vas te rendre au Temple de Confucius. Tu demanderas le Directeur des Études, le vieux professeur Ngeou-yang, et tu l'interrogeras sur Tong Mai. Et aussi sur son ami Sia Kouang. Le professeur Ngeou-yang est un bon observateur de la nature humaine, j'aimerais avoir son opinion sur ces deux jeunes gens. A ton retour, inutile de m'attendre. Je te verrai demain matin dans mon bureau, après le petit déjeuner.

Tandis que les deux hommes descendaient l'escalier, le juge ajouta :

— Passe donc par le Yamen, veux-tu, et dis au majordome d'informer mes épouses que ce soir je rentrerai très tard.

IV

Une femme voilée rencontre
un faux professeur de boxe ;
une tortue se présente
sous un aspect trompeur.

Le juge Ti emprunta le cheval d'un sbire, se mit en selle et partit au galop vers le sud. La grand-route était pleine de villageois qui rentraient chez eux et personne ne prêta la moindre attention au cavalier solitaire.

Le magistrat suivit le canal pendant un bon mille. De petits groupes d'hommes et de femmes étaient encore assis sur la berge, à l'endroit même où ils avaient assisté à la course. La route coupait ensuite un bois touffu, à flanc de colline. Lorsque le juge descendit l'autre versant, il aperçut les lumières colorées d'éventaires forains marquant l'entrée d'un petit bourg. Il arrivait à Pont-de-Marbre. En traversant la grande arche de marbre qui donnait son nom à ce gros village, il vit les jonques fluviales amarrées plus loin, au confluent du Grand Canal et du fleuve.

De l'autre côté du pont, des centaines de lampes à huile et de lampions de couleurs illuminaient la place du marché. Une foule dense se pressait autour des comptoirs. Le juge mit pied à terre et, tenant sa monture par la bride, la conduisit jusqu'à une forge toute proche. L'artisan n'était pas débordé de travail ; moyennant quelques sapèques, il accepta de s'occuper du cheval.

Satisfait de voir que l'homme ne l'avait pas reconnu, le juge chercha un endroit où il pourrait recueillir des informations. Sous les grands arbres de la rive, il remarqua les piliers laqués de rouge d'une petite chapelle. Il se joignit à la file de personnes qui montaient les marches de pierre pour jeter quelques piécettes de cuivre dans le tronc placé à la porte du sanctuaire. Tout en laissant tomber ses sapèques, il observa d'un regard curieux l'intérieur de la chapelle. Un vieux prêtre taoïste vêtu d'une robe rapiécée versait de l'huile dans la lampe accrochée au-dessus de l'autel. Celui-ci était occupé par une statue grandeur nature de la Déesse du Fleuve, assise jambes croisées sur son trône de lotus. Les yeux de la Déesse semblaient le regarder sous leurs paupières mi-closes, tandis que sur ses lèvres jouait l'ombre d'un sourire.

En fidèle disciple de Confucius, le juge Ti traitait de haut l'idolâtrie des cultes populaires.

Pourtant, le beau visage souriant fit naître en lui un étrange sentiment d'inquiétude. Avec un haussement d'épaule irrité, il redescendit les marches et continua son chemin. Un peu plus loin, il avisa la boutique d'un barbier dont la façade ouverte donnait sur le quai. Au moment où il entrait pour s'asseoir sur le tabouret bas, son regard tomba sur une femme à la silhouette élancée qui sortait de la foule et venait aussi vers la boutique. Sa robe de dessus était de damas noir, et un voile de même teinte lui cachait le visage. Ce n'était sûrement pas une prostituée, la discrétion de sa mise et la fierté de son allure dénotaient une personne d'un certain rang. En ôtant sa calotte, le juge se demanda quel motif pouvait bien amener une femme seule dans ce marché bruyant à une heure aussi tardive, puis il concentra son attention sur les directives à donner au barbier, afin que celui-ci taillât et rafraîchît à son goût sa barbe et ses favoris.

— Et d'où venez-vous comme cela, Honorable Voyageur ? demanda le barbier en commençant à peigner la barbe de son client.

— Je suis professeur de boxe dans un district voisin, répondit le juge. Il savait que ces personnages, obligés par leur profession à vivre de façon austère, étaient hautement considérés par le menu peuple qui s'exprimait devant eux en toute liberté. Il ajouta :

— Je me rends dans la capitale pour visiter des parents. Les affaires ont dû être bonnes aujourd'hui avec tous les curieux venus assister à la course ?

— Pas si bonnes que cela, hélas ! Les gens pensaient à autre chose qu'à se faire couper les cheveux. Voyez-vous ce grand estaminet, là-bas sur la rive opposée ? Avant le début de la course, l'Honorable Monsieur Pien et l'Honorable Monsieur Kou y ont régalé les membres des équipages, leurs parents, leurs amis, et les amis de leurs amis. Alors, voulez-vous me dire, Honorable Voyageur, va-t-on dépenser de bonnes sapèques pour se faire couper les cheveux, quand on peut boire et manger tout son saoul gratis et sans rien payer ?

Le pseudo-professeur de boxe tomba d'accord là-dessus. Du coin de l'œil, il surveillait la femme en noir, à présent debout devant la balustrade qui séparait la boutique de la rue. Après tout, c'était peut-être bien une prostituée attendant sa sortie pour l'accoster. Il dit à l'artiste capillaire :

— Je vois seulement quatre serveurs dans cet estaminet. Ils ont dû être sur les dents avec tout ce monde qu'ils ont eu aujourd'hui. N'y avait-il pas neuf bateaux en lice ?

— Oh, ils ne se sont pas beaucoup fatigués ! Voyez-vous la table du fond ? Eh bien, ils avaient placé six grosses jarres de vin dessus, et chacun pouvait aller y remplir son bol aussi souvent qu'il le désirait. Et les deux tables de côté disparaissaient sous les monceaux de victuailles. On n'avait qu'à se servir! Deux des rameurs appartenant à ma clientèle, il m'a semblé que cela me donnait un peu le droit de me joindre à la foule et j'ai fait un saut jusque là-bas. Eh bien, Honorable Voyageur, je peux vous assurer que boisson et mangeaille étaient de premier choix! L'Honorable Monsieur Pien et l'Honorable Monsieur Kou ne lésinent pas quand ils régalent le monde, ah ça non! Et pas fiers du tout, par-dessus le marché. Ils n'ont pas quitté l'estaminet un seul instant, et ils ont eu un mot gentil pour chacun. Désirez-vous que je lave aussi vos cheveux?

Le juge secoua négativement la tête, et le barbier reprit :

— A présent, nos villageois vont boire jusqu'à minuit, même si les consommations ne sont plus gratuites! Il y a eu un accident pendant la course, le timbalier d'un Bateau-Dragon est mort. Aussi, tout le monde est bien content. La Dame Blanche a eu son dû et les moissons seront belles cet automne.

— Vous croyez à la Dame Blanche, vous?

— Oh non, Honorable Voyageur! Enfin... oui et non. Dans ma profession, voyez-vous, on ne dépend ni du fleuve ni des champs, alors j'ai ma petite idée personnelle sur la question. Pourtant, je n'irais pas volontiers près du Bois-aux-Mandragores que vous apercevez là-bas.

Il indiqua la direction d'un geste large de ses ciseaux.

— Cet endroit lui appartient et je n'aime pas courir de risques inutiles.

— Moi non plus. Aussi ne brandissez pas ces ciseaux trop près de mon nez. Bon, ça ira comme cela, merci. Combien vous dois-je ?

Le juge Ti se sépara de quelques sapèques, remit sa calotte et sortit.

La femme en noir s'approcha aussitôt de lui et dit d'une voix ferme :

— Je désire vous parler.

Le juge posa sur elle son regard pénétrant. L'accent distingué, la grande assurance de son interlocutrice, tout confirmait sa première impression qu'elle appartenait à la bonne société. Elle continua rapidement :

— Je vous ai entendu dire, il y a un instant, que vous étiez professeur de boxe. Je pourrais avoir un petit travail pour vous, ce soir.

Curieux de savoir où elle voulait en venir, le juge répondit :

— Je voyage, et les voyages coûtent cher. Un peu d'argent serait le bienvenu.

— Alors, suivez-moi.

48

Elle alla s'asseoir sur l'un des sièges rustiques en pierre disposés sous les saules de la berge. Le juge prit place en face d'elle. La jeune femme baissa son voile et fixa sur lui le regard de ses grands yeux brillants. Elle était remarquablement belle. Son visage ovale ne montrait aucune trace de fard, mais sa petite bouche au dessin délicat était naturellement rouge et l'animation rosissait l'épiderme velouté de ses joues. Elle pouvait avoir vingt-cinq ans. Lorsqu'elle eut fini d'examiner le juge, elle reprit :

— Vous avez l'air honnête et je ne crois pas que vous abuserez de la situation. Voici ce dont il s'agit. C'est tout à fait simple. J'ai accepté de rencontrer quelqu'un dans une maison abandonnée pour procéder à une importante transaction. Cette maison se trouve près du Bois-aux-Mandragores, à une demi-heure de marche d'ici. Mais quand j'ai fixé ce rendez-vous, j'ai stupidement oublié que le soir de la course des Bateaux-Dragons toutes sortes de gens peu recommandables errent dans ce coin. Je désire donc que vous m'accompagniez jusqu'à cette maison pour me protéger des voleurs. Il suffit que vous m'escortiez jusqu'à sa porte.

Elle sortit de sa manche une pièce d'argent et ajouta :

— Je suis prête à bien payer ce léger service.

Le juge pensa que son devoir lui commandait

d'en apprendre davantage sur la mystérieuse transaction. Se levant, il dit d'un ton glacial :

— Je ne déteste pas plus que mon voisin l'argent facilement gagné, mais je suis un professeur de boxe de bonne réputation et je refuse de me faire le complice d'un rendez-vous clandestin.

— Comment osez-vous me parler ainsi ! s'écria-t-elle avec colère. Il s'agit d'une affaire parfaitement honnête, vous pouvez me croire.

— Prouvez-le-moi d'abord si vous désirez mon aide.

— Rasseyez-vous. Le temps presse, et il faut que j'en passe par où vous voulez. D'ailleurs vos scrupules confirment l'impression favorable que vous m'avez faite. Alors, écoutez-moi : je suis chargée d'acheter ce soir un objet d'une valeur considérable. Les deux parties sont tombées d'accord sur le prix, mais des circonstances particulières rendent le secret nécessaire. D'autres personnes voudraient mettre la main sur cet objet, et son propriétaire ne tient pas à ce que sa vente soit connue. Il m'attend à présent dans la maison dont je vous ai parlé ; elle est abandonnée depuis des années, de sorte qu'on ne peut imaginer un endroit plus sûr pour une opération confidentielle mettant en jeu une grosse somme d'argent.

Le regard du juge Ti se posa sur la manche gonflée de la belle inconnue.

— Voulez-vous me faire croire, demanda-t-il, qu'une femme — et une femme seule, encore — transporte une grosse somme en espèces sur elle ?

Elle sortit un paquet carré de sa manche et, sans rien dire, le lui tendit. Après s'être assuré que personne ne les observait, le juge défit l'un des coins du papier qui l'enveloppait. Il sursauta : le paquet contenait dix lingots d'or. Le rendant à la jeune femme, il demanda :

— Qui êtes-vous ?

— Vous avez vu que je vous faisais entièrement confiance, répondit-elle avec calme en replaçant le paquet dans sa manche, alors, trouvez bon que j'en attende autant de vous.

Elle sortit de nouveau la pièce d'argent et ajouta :

— Affaire conclue ?

Le juge fit signe que oui, et prit la pièce. Sa conversation avec le barbier lui avait fait comprendre l'impossibilité de découvrir à Pont-de-Marbre un indice susceptible de jeter la lumière sur la mort de Tong Mai. Toutes les personnes présentes dans l'estaminet auraient pu facilement introduire le poison dans son vin ou sa nourriture. Demain, il se renseignerait sur le milieu fréquenté par le défunt, cela lui fournirait peut-être une indication sur le mobile du crime. En attendant, il pouvait s'occuper de cette étrange inconnue et essayer de découvrir ce qu'elle manigançait. La suivant à travers le marché, il dit :

— Je ferais bien d'acheter une lanterne-tempête.

— Je connais la propriété comme le creux de ma main, répliqua-t-elle avec impatience.

— Moi, non. Et il faudra que je retrouve mon chemin tout seul.

Le juge s'arrêta devant un éventaire où s'entassaient toutes sortes d'articles de ménage et fit l'emplette d'une petite lanterne faite de papier huilé tendu sur une carcasse en bambou. Lorsqu'ils eurent repris leur marche, il demanda :

— Comment l'homme avec qui vous avez rendez-vous a-t-il trouvé le chemin de cette fameuse maison abandonnée ?

— Il y a vécu autrefois. Il me raccompagnera jusqu'au village... si c'est cela qui vous tracasse !

Lorsqu'ils se furent engagés dans la route à demi obscure qui conduisait à la forêt, ils dépassèrent un groupe de jeunes voyous en train de prendre leurs ébats avec trois prostituées. Les petites gouapes lancèrent une plaisanterie obscène à l'adresse du couple, mais ayant mieux regardé le magistrat, son imposante carrure les rendit brusquement muets.

Un peu plus loin, la jeune femme quitta la route pour un sentier qui s'enfonçait entre les arbres. Deux vagabonds s'avancèrent vers eux, l'air menaçant. Quand ils virent le juge Ti retrousser ses manches avec le geste assuré d'un boxeur professionnel, ils tournèrent vivement les talons, et le juge se dit qu'au moins il gagnait son salaire. Sans lui, la jeune femme aurait été victime de quelque désagréable aventure bien avant d'atteindre sa destination.

Bientôt on n'entendit plus le brouhaha du marché ; seul le cri bizarre des engoulevents rompait de temps à autre le silence. Le sentier serpentait à travers un sous-bois très dense, et les branches des grands arbres se rejoignaient au-dessus de leur tête, ne laissant filtrer que d'étroits rayons de lune jusqu'au sol couvert de feuilles mortes.

La compagne du juge Ti lui montra un pin noueux.

— Rappelez-vous cet arbre, dit-elle. Quand vous reviendrez, tournez à gauche ici, et continuez toujours à gauche.

Le sentier se rétrécit encore et disparaissait presque entièrement sous les hautes herbes. Ce chemin semblait familier à la jeune femme, mais le juge avait du mal à ne pas se laisser distancer sur ce sol inégal où ses pieds butaient constamment. Afin d'obtenir un court moment de répit, il demanda :

— Pourquoi la propriété où nous allons est-elle abandonnée ?

— Parce que les gens d'ici la croient hantée. Elle est voisine du Bois-aux-Mandragores, et vous avez entendu comment cet imbécile de barbier en parlait. Êtes-vous peureux ?

— Pas plus que d'autres.

— Bon. Alors, taisez-vous, nous sommes presque arrivés.

Après un nouveau trajet qui parut interminable au juge Ti, la jeune femme s'arrêta. Posant une main sur le bras de son compagnon, elle lui désigna un point devant eux. Les arbres moins rapprochés en cet endroit laissaient mieux passer la lumière de la lune, et le juge aperçut une loge de garde que flanquait à gauche et à droite une haute muraille. Les intempéries avaient rongé les briques de la loge, et le bois de sa porte massive était tout vermoulu. La jeune femme gravit prestement les trois marches par lesquelles on y accédait et l'ouvrit d'une poussée. Avant de se glisser à l'intérieur, elle murmura au juge :

— Tous mes remerciements, et adieu !

Le magistrat fit demi-tour, mais dès qu'il fut de nouveau à l'abri des arbres, il s'arrêta. Posant sa lanterne à terre, il remonta le bas de sa longue robe pour le fourrer dans sa ceinture et retroussa ses manches. Il reprit ensuite sa lanterne et se dirigea vers la loge. Son intention était de repérer le lieu de rendez-vous du couple mystérieux et de trouver un coin d'où il pourrait les observer sans être vu. Si l'affaire traitée lui paraissait honnête, il se retirerait immédiatement. Mais si quoi que ce soit lui semblait louche, il ferait connaître son identité et exigerait des explications.

Il se rendit bientôt compte que sa tâche ne serait pas aussi facile qu'il l'imaginait. La distribution de la propriété était tout à fait inhabituelle. Au lieu de donner sur une avant-cour comme il s'y attendait, la loge se continuait par une sorte de tunnel obscur. Ne voulant pas allumer sa lanterne, il tâta les pierres moussues des parois pour se guider et marcha vers la petite lueur qui brillait au loin.

Le tunnel aboutissait à une grande cour laissée à l'abandon. Les mauvaises herbes poussaient entre les dalles brisées et envahissaient peu à peu toute sa surface. Au fond, s'élevait la masse sombre du bâtiment principal dont la toiture, en partie affaissée, se détachait sur le ciel éclairé par la lune.

Le juge traversa la cour et s'arrêta brusquement. Ne venait-il pas d'entendre, sur sa droite, un bruit indéfinissable ? A cet endroit une étroite ouverture semblait mener à l'aile orientale. Il la franchit rapidement et prêta l'oreille. Un murmure de voix arrivait d'un pavillon carré qui se dressait de l'autre côté d'un petit jardin clos, envahi lui aussi par l'herbe. Cette construction, bâtie sur un soubassement d'environ quatre pieds de haut, était en meilleur état que le reste des bâtiments. Sa porte et les volets de son unique fenêtre étaient fermés, mais au-dessus de l'entrée se trouvait une imposte ouverte, et c'est par là que passait le bruit de voix.

Le juge Ti réfléchit rapidement. Le mur de clôture, à sa gauche, n'avait que quatre pieds de hauteur, et au-delà on apercevait les grands arbres de la forêt. Le mur de droite était plus élevé. En s'installant sur sa crête, il pourrait voir l'intérieur du pavillon à travers l'imposte et entendre ce qui s'y disait.

Il choisit un endroit où des briques tombées rendaient l'ascension plus facile, mais, lorsqu'il atteignit le sommet, un nuage passa devant la lune et l'obscurité devint complète. Il avança tout de même en rampant aussi vite qu'il l'osait et entendit soudain une voix de femme dire :

— Je ne parlerai pas avant de savoir pourquoi vous êtes ici.

Une voix masculine répondit par un juron. Il y eut un bruit de lutte, puis la femme cria :

— N'y touchez pas !

56

A ce moment, une partie du mur céda sous le poids du magistrat et une avalanche de briques roula jusqu'au sol. Le juge Ti retrouva son équilibre à grand-peine et, tandis qu'il cherchait à tâtons les points encore solides de la maçonnerie pour descendre de son instable perchoir, l'inconnue poussa un cri aigu. Le bruit d'une porte qu'on ouvre suivit aussitôt, puis celui de pas qui s'éloignaient en hâte. Le juge se laissa choir dans les buissons qui poussaient au pied du mur et commanda d'une voix forte :

— Demeurez où vous êtes, mes hommes cernent la maison !

C'est tout ce qu'il lui vint à l'esprit, mais, comme on pouvait s'y attendre, cela n'arrêta pas le fugitif. Pendant que le juge se relevait péniblement, il entendit au loin un fracas de branches brisées. L'homme était sorti de la propriété et venait de gagner la forêt.

Le juge se tourna vers le pavillon. Par sa porte maintenant entrouverte il put voir l'intérieur qu'éclairait une bougie. La femme en noir était étendue sur le plancher.

Il se fraya un passage à travers les hautes herbes, gravit d'un bond les marches de pierre et s'arrêta net : un poignard était planté dans la poitrine de la malheureuse. Allant s'agenouiller près d'elle, il examina le visage immobile. Aucun doute, elle était bien morte.

— Elle m'a donné de l'argent pour veiller sur elle, et j'ai laissé cet homme la tuer ! murmura le juge avec dépit.

La jeune femme avait dû se défendre car sa main droite se crispait encore sur le manche d'un long couteau dont la lame mince était tachée de sang. Une traînée de gouttelettes rouges allait jusqu'à l'entrée.

Le juge Ti fouilla la manche de la morte. Les lingots d'or avaient disparu. Il trouva seulement deux mouchoirs et une facture acquittée au nom de « Madame Ambre, dans la demeure de l'Honorable Monsieur Kou ». Il regarda de nouveau le pâle visage immobile. Des paroles entendues précédemment lui revinrent en mémoire : La Première Épouse de Monsieur Kou était atteinte depuis des années d'un mal incurable, et son mari avait installé chez lui une belle jeune femme au titre de Seconde Épouse. C'était sûrement celle-ci que le magistrat avait devant lui. Cet imbécile de Kou l'avait envoyée, toute seule, négocier l'achat d'un objet de grande valeur destiné à ses collections ! Mais la prétendue vente était un piège tendu par un scélérat pour s'emparer de l'or.

Le juge se releva en poussant un soupir et jeta un coup d'œil autour de lui. Il haussa les sourcils avec étonnement. A part une unique chaise, cette pièce était meublée seulement d'une couche en bambou. Pas de placards, pas de niches dans le mur, rien enfin où l'on pût ranger le moindre objet. Les murs et le plafond avaient été refaits récemment et la fenêtre garnie de solides barreaux de fer. La porte, en planches épaisses, était pourvue d'un solide cadenas. Le juge Ti hocha la tête, perplexe. Il alluma sa lanterne à la flamme de la bougie et descendit dans le jardin clos pour gagner le bâtiment principal.

Ses pièces sombres et humides étaient démeublées. Dans le hall en mauvais état, il lut, gravé en gros caractères sur le mur du fond : VILLA DU FLEUVE. Cette inscription était signée Tong Yikouan.

— Belle calligraphie, murmura le juge en poursuivant son tour d'inspection. Dans les couloirs vides, trois ou quatre chauves-souris vinrent voleter autour de lui, attirées par la lumière de sa lanterne. A part ces bestioles et quelques gros rats qui s'enfuirent à son approche, rien ne troublait le silence.

Ne voyant aucune raison de s'attarder en ce sinistre endroit, il décida de prendre les deux poignards dans le pavillon et de regagner Pont-de-Marbre. Là il chargerait le Chef de Village d'aller chercher le cadavre de Madame Ambre et de le transporter à Pou-yang.

La lune reparut au moment où il atteignait le

jardin clos. Ce qu'il vit à sa lueur le fit s'immobiliser brusquement : de l'autre côté du mur bas le séparant de la forêt, un homme dont il apercevait seulement la chevelure hirsute marchait sans faire de bruit. Ce mystérieux inconnu s'éloignait du pavillon et n'avait évidemment pas remarqué la présence du magistrat car il n'accéléra pas son allure.

Le juge Ti s'approcha silencieusement du mur. S'agrippant à son sommet, il le franchit d'un bond et atterrit dans une sorte de fossé envahi par les plantes sauvages. Il se releva prestement ; de ce côté, le mur s'élevait à plus de six pieds au-dessus de l'étroite tranchée... Mais personne ne s'y trouvait !

Il leva les yeux. Une vision inattendue le pétrifia d'horreur : sur la crête du mur, la tête aux cheveux hirsutes avançait toute seule par étranges petites saccades.

Retenant sa respiration, le juge suivit du regard le monstrueux objet. Soudain, il sourit et poussa un soupir de soulagement. Les rayons de la lune lui avaient joué un tour, ce n'était là qu'un tas d'herbes emmêlées que transportait quelque animal.

Se haussant sur la pointe des pieds, il souleva la touffe d'herbe et découvrit une tortue. La petite bête lui lança un regard réprobateur avant de rentrer tête et jambes sous sa carapace.

— Sage attitude, en certaines circonstances, commenta tout haut le juge Ti. J'aimerais pouvoir t'imiter, ma petite amie !

Parler lui fit du bien. Il commençait à trouver oppressante la sinistre atmosphère de ce lieu étrange. Il jeta un regard inquiet aux arbres et aux épais fourrés dont la masse sombre formait un mur impénétrable de l'autre côté du petit fossé. C'était évidemment le Bois-aux-Mandragores, consacré à la Déesse du Fleuve. Aucun souffle d'air n'agitait son feuillage parfaitement immobile sous la lumière argentée de la lune.

— Ce n'est pas un endroit pour nous, dit-il à la tortue. Viens avec moi. J'ai justement besoin d'une petite créature de ton espèce pour mettre de la vie dans mon jardin de rocaille. La Dame Blanche ne s'apercevra même pas de ton absence !

Il sortit son mouchoir, plaça la tortue dedans, et après en avoir noué les quatre coins, le fourra dans sa manche. Escaladant ensuite le mur, il se retrouva dans le jardin clos.

Il gagna le pavillon et, avec précaution, retira le poignard planté dans la poitrine de Madame Ambre. La pointe de l'arme avait dû toucher le cœur de la jeune femme, sa robe était rouge de sang. Il desserra les doigts raidis pour dégager l'autre poignard qu'il mit avec l'arme du crime

61

dans un second mouchoir. Il regarda une dernière fois autour de lui et quitta la pièce.

De retour à la loge d'entrée, il étudia le tunnel et la muraille de clôture. Une sorte de parapet courait le long du sommet de celle-ci. De toute évidence, le propriétaire de cette villa isolée en avait fortifié les abords, craignant sans doute d'être attaqué par des bandits. Le juge haussa les épaules et sortit. Avec l'aide de la lanterne, il retrouva son chemin jusqu'à Pont-de-Marbre sans difficulté.

L'atmosphère du marché était toujours joyeuse ; les villageois ne pensaient pas encore à leur lit ! Avisant un badaud, le juge lui demanda de le conduire chez le Chef de Village. Il se fit connaître du bonhomme terrifié et lui donna ses instructions au sujet du cadavre. « Vous laisserez une douzaine de miliciens dans la villa », ajouta-t-il. « Je désire qu'ils y montent la garde toute la nuit. » Après quoi, il s'en fut reprendre son cheval chez le forgeron, mit les poignards dans sa sacoche, et piqua des deux vers Pou-yang.

V

*Un mari éploré fait l'éloge
d'une jeune disparue ;
il évoque une vieille histoire
d'apparition.*

Les soldats de garde à la Porte Sud tenaient entrouvert l'un de ses grands battants. Des citoyens de Pou-yang rentraient encore dans la ville malgré l'heure tardive, et chacun d'eux remettait au caporal une contremarque, petit morceau de bambou oblong sur lequel était griffonné un numéro. Tous céux qui désiraient revenir dans la ville après la fermeture des portes devaient se munir d'une telle contremarque en sortant ; les personnes qui ne pouvaient en produire une payaient une amende de cinq sapèques et avaient à donner leurs nom, adresse et profession.

Lorsque le caporal reconnut le juge Ti, il ordonna aux soldats d'ouvrir tout grand le portail. Le juge arrêta son cheval et demanda :

— Un blessé est-il passé récemment ?

Le caporal repoussa son casque sur son front moite. Mal à l'aise, il répliqua :

— C'est difficile à dire, Votre Excellence. Nous n'avons pas le temps d'inspecter tous ceux qui rentrent. La foule...

— En effet. Mais à partir de maintenant examinez chaque personne qui passera. Si vous trouvez sur l'une d'elles une blessure faite par un poignard, mettez-la en état d'arrestation, quel que soit son rang, et amenez-la au Tribunal. Faites transmettre cet ordre par un cavalier à vos collègues des trois autres portes.

Il continua son chemin. Une foule joyeuse emplissait encore les rues, et les estaminets aussi bien que les vendeurs forains faisaient d'excellentes affaires. Le juge dirigea sa monture vers le Quartier Est où il avait entendu dire que Kou Yuan-liang habitait. Arrivé devant les bureaux de la garnison, il s'enquit de l'adresse exacte de l'amateur d'art auprès du capitaine de garde. Celui-ci le renseigna, et un planton le conduisit jusqu'à une belle demeure du quartier résidentiel.

Tandis que le juge mettait pied à terre, son guide alla frapper à la grande porte laquée de rouge. Un vieux portier vint ouvrir, et, dès qu'il eut appris l'identité du visiteur, il courut prévenir son maître.

Monsieur Kou arriva en toute hâte. Il avait

l'air consterné. Sans se lancer dans les phrases courtoises d'usage en pareilles circonstances il demanda vite :

— Y a-t-il eu un accident ?

— Oui. Mais n'allons-nous pas entrer chez vous ?

— Oh, mille excuses, Noble Juge ! Je suis si... Secouant la tête avec contrition, Monsieur Kou fit prendre au magistrat un long couloir qui les amena dans une bibliothèque sobrement meublée. Lorsqu'ils furent assis autour de la table à thé ronde placée dans un coin de la pièce, le juge demanda :

— Le nom personnel de votre Seconde Épouse est-il Ambre ?

— Oui, Votre Excellence ! Il lui est arrivé quelque chose, n'est-ce pas ? Elle est partie faire une course aussitôt après le dîner et n'est pas encore de retour. Je suis inquiet...

Il s'interrompit en voyant le majordome apparaître avec le plateau du thé. Pendant que Monsieur Kou emplissait deux tasses, le juge Ti étudia le visage de son hôte en lissant ses longs favoris. Quand Monsieur Kou eut repris son siège, le magistrat dit d'un ton grave :

— J'ai le profond regret de vous annoncer que Madame Ambre a été assassinée.

Kou pâlit. Sans bouger, il fixa sur le juge un

regard plein d'horreur, puis s'écria brusquement :

— Assassinée ! Comment cela a-t-il pu se produire ? Qui donc est le meurtrier ? Où était-elle quand...

Le juge leva la main.

— En ce qui concerne votre dernière question, vous connaissez la réponse, Monsieur Kou. C'est vous qui l'avez envoyée dans cet endroit désert.

— C'était donc dans un endroit désert ? Auguste Ciel, pourquoi ne m'a-t-elle pas écouté ! Je l'ai suppliée de me dire où elle allait, mais...

— Vous feriez mieux de commencer par le commencement, Monsieur Kou, l'interrompit de nouveau le juge. Buvez d'abord une tasse de thé. C'est un grand choc pour vous, mais si je n'apprends pas tous les détails immédiatement, je n'attraperai jamais le scélérat qui l'a tuée.

Kou avala plusieurs gorgées du liquide bouillant, puis demanda d'une voix plus calme :

— Qui est le coupable ?

— Un homme non encore identifié.

— Comment fut-elle tuée ?

— D'un coup de poignard en plein cœur. Elle n'a pas eu le temps de souffrir.

Kou hocha la tête. Il reprit plus doucement :

— C'était une femme remarquable, Noble

Juge. Elle savait estimer les objets anciens avec un flair extraordinaire. Spécialement les pierres précieuses. Elle venait toujours avec moi dans mes expéditions archéologiques. C'était une compagne si délicieuse.

Il regarda d'un air malheureux les rayons d'ébène sculptée qui garnissaient le mur, à droite de la porte, et sur lesquels des jades et des porcelaines étaient disposés avec un goût délicat. C'est elle qui les a arrangés ainsi, continua-t-il. Elle en a rédigé elle-même le catalogue. Et pensez, Noble Juge, que lorsque j'ai acheté Ambre, il y a quatre ans, elle était illettrée ! Mais après deux ans d'études sous ma direction, elle traçait les caractères de façon impeccable...

Il s'arrêta brusquement pour cacher son visage entre ses mains.

— A qui l'aviez-vous achetée ? demanda doucement le juge Ti.

— Elle était servante dans la maison du vieux Monsieur Tong Yi-kouan.

— Tong Yi-kouan ? s'écria le juge. C'était le nom lu par lui au bas de l'inscription du hall, dans la maison hantée. Et la jeune femme lui avait dit qu'elle connaissait la propriété comme le creux de sa main, et que celui qui l'y attendait la connaissait aussi bien qu'elle !

— J'imagine, reprit-il tout haut, que Tong Yi-kouan était le père de Tong Mai, l'étudiant assassiné ce soir ?

— En effet, Noble Juge. Ambre était orpheline, et la vieille Madame Tong l'avait prise en affection. Il y a quatre ans, lorsque Tong Yikouan fut obligé de vendre tous ses biens, il voulut placer Ambre dans une bonne maison et me l'offrit. N'ayant pas d'enfants, je l'achetai pour quatre lingots d'or, avec l'intention d'en faire ma fille. Mais elle devint plus belle de jour en jour. Elle avait la grâce exquise d'une figurine de jade, elle...

Il frotta ses yeux rougis, et, après un court silence, ajouta :

— Ma Première Épouse souffre d'un mal incurable, aussi, il y a deux ans ai-je pris Ambre comme seconde femme. Je sais bien que je suis plus âgé qu'elle, mais notre intérêt commun pour...

— Je comprends parfaitement. A présent, si nous parlions de cette mission dont vous l'aviez chargée ?

Monsieur Kou vida lentement sa tasse avant de répondre :

— Voilà ce qui s'est passé, Votre Excellence. Ambre m'avait recommandé Tong Mai, me disant qu'il saurait se rendre utile en découvrant des objets anciens. Elle le connaissait très bien, naturellement, puisqu'ils avaient été élevés ensemble. Il y a deux jours, elle me dit que Tong venait de dénicher une pièce ancienne très rare et d'une valeur inestimable. Il s'agissait de... d'un vase. Ce vase était le plus beau qui existât dans tout l'Empire du Milieu, et son prix avait été fixé à dix lingots d'or. Elle me dit qu'il en valait le double... plus peut-être. Comme c'était là une pièce fameuse, convoitée par de nombreux collectionneurs, Tong désirait que son rôle d'intermédiaire fût tenu secret. Elle ajouta qu'il avait promis de lui remettre la... l'objet dans un endroit sûr que tous deux connaissaient. Le rendez-vous était pour ce soir. J'essayai de faire dire à Ambre où l'opération devait avoir lieu. Pensez-donc, Noble Juge, une jeune femme toute seule avec tant d'argent sur elle ! Mais elle resta muette sur ce point, protestant que l'affaire était absolument sans danger. Après la course, en apprenant la mort de Tong, je me dis qu'elle allait l'attendre en vain. J'espérais la voir ici quand je suis rentré. Elle n'y était pas. Je commençai à m'inquiéter, mais que pouvais-je faire, ne sachant pas où ils devaient se rencontrer ?

— Ceci, je peux vous l'apprendre, dit le juge. Ils avaient rendez-vous dans l'ancienne demeure de la famille Tong, au milieu de la forêt proche de Pont-de-Marbre. Votre épouse ignorait la mort de Tong Mai. Une autre personne au courant de leurs projets vint à la place de l'étudiant. Cette personne assassina Madame Ambre et vola l'argent. Et aussi le... le vase. Car il s'agissait d'un vase, m'avez-vous dit ?

— La maison abandonnée ! Auguste Ciel, pourquoi... Évidemment, l'endroit leur était familier à tous les deux, mais...

Monsieur Kou baissa les yeux sans achever sa phrase.

Le juge Ti posa sur son hôte un regard scrutateur.

— Pourquoi dit-on que cette maison est hantée ? demanda-t-il.

Monsieur Kou releva la tête, l'air surpris.

— Hantée, Noble Juge ? Oh, à cause du Bois-aux-Mandragores ! Il y a de nombreux siècles, cette région était marécageuse et très boisée, et le fleuve avait une largeur beaucoup plus grande qu'à présent. Ce district était le centre d'un culte rendu à la Déesse du Fleuve. Pêcheurs et bateliers venaient de très loin pour l'adorer. Le Bois-aux-Mandragores était alors une vaste forêt au milieu de laquelle s'élevait une belle chapelle avec une colossale statue en marbre de la Déesse. Tous les ans on sacrifiait un jeune homme sur son autel. Et puis, le Grand Canal fut prolongé ; il traversa la forêt qui disparut. Seul le petit bois entourant la chapelle fut conservé par respect pour la croyance locale, mais le Gouvernement donna l'ordre de cesser les sacrifices humains. L'année suivante, un terrible tremblement de terre détruisit en partie la chapelle, tuant le prêtre et ses deux acolytes. Le peuple attribua la catastrophe à la colère de la Déesse ; la chapelle fut abandonnée et une autre construite sur la rive du fleuve, près de Pont-de-Marbre. Les sentiers qui traversaient le Bois-aux-Mandragores disparurent vite sous l'herbe et personne ne foula plus jamais le sol de ce bois. Les ramasseurs de plantes médicinales eux-mêmes ne s'y aventurent pas. Pourtant, les racines de mandragores qui ont donné au bois son nom passent pour avoir d'heureuses propriétés et se vendent fort cher, comme Votre Excellence ne l'ignore certainement pas.

Monsieur Kou fronça les sourcils, il semblait avoir perdu le fil de son discours. Il toussota plusieurs fois pour s'éclaircir la gorge, emplit de nouveau les tasses, et reprit :

— Il y a dix ans, quand le vieux Monsieur Tong voulut bâtir une villa près du Bois-aux-Mandragores, les gens l'avertirent que c'était pure folie de troubler le calme de ce lieu sacré. Ils refusèrent de travailler pour lui, disant que la Dame Blanche serait irritée de voir des êtres humains s'établir si près de son domaine et qu'elle enverrait de la sécheresse et d'autres calamités sur le pays. Mais le vieux Tong était entêté comme une mule. De plus, né dans le nord, il ne croyait pas à l'existence de la Déesse. Il fit donc venir des maçons d'un autre district, et sa villa fût bâtie. Il s'y installa, lui, sa famille, et ses bronzes anciens. Je lui rendis plusieurs fois visite, et dus reconnaître que sa collection était d'une qualité exceptionnelle. Il est très difficile, de nos jours, de trouver des bronzes réellement intéressants. Oui, c'est vraiment dommage que...

Il s'arrêta au milieu de sa phrase pour hocher tristement la tête puis reprit le fil de son histoire :

— Il y a quatre ans, après une chaude et étouffante journée d'été, le vieux Tong était assis devant le Pavillon Est de sa propriété. Il y goûtait la fraîcheur du soir quand, soudain, la Dame Blanche apparut dans le Bois-aux-Mandragores. Le vieux Tong me raconta la chose plus tard. Ce fut terrifiant... la Déesse était nue sous une robe blanche tachée de sang, et sa longue chevelure mouillée pendait devant son visage. Levant ses mains griffues toutes dégoulinantes de sang, elle s'avança vers eux en poussant un cri aigu. Tong et les siens se levèrent et s'enfuirent aussi vite qu'ils le purent. L'orage qui avait menacé tout le jour éclata juste à ce moment avec une violence inouïe. Les éclairs se succédaient sans interruptions, suivis d'épouvantables roulements de tonnerre et d'une pluie torrentielle. Lorsque le vieux Tong et sa famille atteignirent le village, trempés jusqu'aux os et les vêtements déchirés par les ronces, ils étaient plus morts que vifs. Tong Yi-kouan décida, bien entendu, d'abandonner cette maison au plus vite. Pour comble de malheur, il apprit le lendemain que son entreprise commerciale venait de faire faillite. Il vendit la propriété à un riche marchand de produits médicamenteux de la capitale et quitta le pays.

Monsieur Kou se tut. Le juge l'avait écouté avec une grande attention en caressant sa barbe noire. Après un petit silence, il demanda :

— Comment Madame Ambre, sachant tout cela, pouvait-elle être assez hardie pour se hasarder la nuit dans cette maison hantée ?

— Elle ne la croyait pas hantée, Noble Juge. Elle disait que l'apparition de la Déesse n'était rien d'autre qu'une mystification arrangée par la population locale pour effrayer Tong Yi-kouan. De plus, appartenant au sexe féminin, elle n'avait rien à craindre de la Déesse Blanche. Celle-ci représente les mystérieuses forces créatrices de la Nature et est considérée comme la protectrice des femmes. On sacrifiait de jeunes hommes sur son autel, jamais de femmes ni de jeunes filles.

Le juge fit un signe d'acquiescement et avala

deux ou trois gorgées de thé. Reposant sa tasse, il prit soudain un air sévère et dit à Monsieur Kou :

— Vous avez égoïstement permis à Madame Ambre de s'engager dans une dangereuse aventure dont vous deviez profiter, et la pauvre femme en est morte. Vous portez toute la responsabilité du crime ! Et maintenant, vous osez me faire un conte absurde au sujet d'un vieux vase. Non... n'essayez pas de m'interrompre ! Me croyez-vous assez ignorant pour imaginer qu'un vase, si ancien soit-il, puisse valoir dix lingots d'or ? Allons, parlez... dites-moi la vérité ! Qu'est-ce que Madame Ambre voulait acheter pour vous ?

Monsieur Kou sauta sur ses pieds. Il se mit à marcher de long en large, en proie à une vive agitation. A la fin, il parut se décider. Il s'arrêta devant son hôte, jeta un regard du côté de la porte pour s'assurer qu'elle était bien close, puis, se penchant vers le juge, murmura d'une voix rauque :

— Il s'agit de la Perle de l'Empereur !

VI

*Un collectionneur
laisse paraître son admiration
pour un joyau sans prix ;
le juge Ti éprouve un sentiment de pitié
pour une belle créature.*

D'abord interloqué par la réponse de son hôte, le juge frappa la table en s'écriant :

— Imbécile, c'est la vérité que je vous ai ordonné de me dire, et non pas une histoire extravagante ! Bonté divine, ma nourrice m'a bercé avec ce conte-là quand j'étais tout petit ! La Perle de l'Empereur... non, vraiment !

Il tira sur sa barbe d'un geste coléreux.

Monsieur Kou se rassit. Essuyant son front moite avec le bas de sa manche, il dit gravement :

— C'est pourtant la vérité, Votre Excellence, je le jure ! Ambre a vu la perle. Elle est grosse comme un œuf de pigeon. Son ovale est parfait et elle possède cet orient sans pareil qu'on a tant vanté !

— Et quelle histoire à dormir debout, Tong

Mai a-t-il inventée pour expliquer comment ce fameux trésor était entre ses mains ?

Se penchant vers le juge, Monsieur Kou répondit vivement :

— Tong l'a reçue d'une pauvre vieille qui habitait près de chez lui, Votre Excellence. Un jour, il lui rendit un grand service, et, sur son lit de mort, la vieille femme lui a donné la perle en témoignage de gratitude. Comme il ne lui restait plus aucun parent, elle a pu enfin révéler le terrible secret que sa famille gardait jalousement depuis deux générations.

— A présent, voici le secret de famille ! soupira le juge Ti. Enfin, allons-y. Je vous écoute.

— L'histoire est curieuse, Votre Excellence, mais elle porte le sceau de la vérité. La grand-mère de cette pauvre vieille était femme de chambre au sérail impérial. A l'époque où sa fille était un bébé de trois ans, l'ambassadeur de Perse offrit la fameuse perle à l'illustre grand-père de notre présent Empereur, et Sa Majesté en fit don à l'Impératrice à l'occasion de son anniversaire. Ce cadeau inestimable fit beaucoup de bruit dans le harem, et toutes les dames de la Cour vinrent féliciter l'Impératrice de cette nouvelle marque d'amour que lui donnait le souverain. La petite fille de trois ans en train de jouer sur la terrasse fut témoin de cette agitation. Curieuse, elle se glissa dans la chambre et, s'approchant d'un petit guéridon, elle vit la perle posée sur un coussin de brocart. Elle s'en empara et la mit dans sa bouche, puis elle sortit pour aller s'amuser dans le jardin avec sa trouvaille. Quand l'Impératrice s'aperçut de la disparition de la perle, elle appela immédiatement les eunuques et les gardes du harem. Toutes les portes furent fermées et chaque personne fouillée, mais nul ne se soucia de la petite fille qui jouait toute seule dans le parc. Quatre dames d'honneur que l'Impératrice soupçonnait du larcin furent torturées à mort et des douzaines de servantes sévèrement fouettées, mais, bien entendu, on ne retrouva pas la perle. Le soir même, deux Censeurs Impériaux reçurent l'ordre de procéder à une enquête approfondie.

Les pommettes de Monsieur Kou étaient devenues toutes roses. Surexcité par ce rappel de la vieille histoire, il semblait avoir oublié son chagrin. Il avala vite une gorgée de thé et reprit :

— Le lendemain matin, la femme de chambre s'aperçut que sa fillette suçotait quelque chose. Quand elle la gronda pour avoir encore touché au bocal de bonbons, l'enfant montra ingénument la perle. La mère fut épouvantée. Si elle la rendait en disant la vérité, elle serait tenue responsable de la mort de quatre personnes innocentes et périrait sûrement avec toute sa famille. Elle décida donc de se taire et de garder la perle. L'enquête s'éternisa. Les juges de la Cour Métropolitaine reçurent l'ordre d'aider les Censeurs. L'Empereur promit une grosse récompense à celui qui aiderait à éclaircir ce mystère, et l'incident fut bientôt connu dans tout l'Empire. Les théories les plus variées virent le jour, mais, bien entendu, on ne retrouva jamais la perle. La femme de chambre la conserva jusqu'au moment où, sentant sa fin proche, elle la remit à sa fille — la mère de la vieille dont je vous ai parlé — lui faisant jurer le secret. Cette femme épousa un charpentier qui fut bientôt perdu de dettes, et elle passa le reste de sa vie dans la pauvreté. Vous imaginez la situation de ces malheureux, Noble Juge ? Ils avaient un trésor fabuleux entre leurs mains, mais il leur était inutile faute de pouvoir le vendre. Personne, en effet, n'aurait osé l'acquérir, la transaction devant être signalée aux autorités avec les terribles conséquences que cela comportait. Non seulement quatre dames du Palais complètement innocentes étaient mortes par la faute d'un membre de cette famille, mais en gardant la perle, les autres s'étaient rendus coupables de vol envers la Maison Impériale, sacrilège si horrible que la loi en punissait les responsables jusqu'à la troisième génération. Quant à se débarrasser du précieux objet en le jetant dans un puits ou de toute autre façon, ils ne pouvaient s'y résoudre ! Le mari de la vieille mourut alors qu'elle était encore une jeune femme. Bien qu'elle gagnât péniblement sa vie en exerçant le métier de blanchisseuse, elle n'osa jamais parler à personne de son trésor. C'est seulement quand tous ses parents eurent disparu et qu'elle-même sentit sa fin prochaine, qu'elle donna la perle fabuleuse à Tong Mai.

Monsieur Kou se tut de nouveau, les yeux fixés sur le magistrat. Celui-ci ne fit aucun commentaire. L'histoire était peut-être véridique, et elle se présentait alors comme la solution parfaitement simple d'une vieille énigme qui avait longtemps déconcerté les esprits les plus fins de l'Empire. Le juge se représenta l'Impératrice avec tout l'essaim des dames d'honneur cherchant le joyau disparu sans prêter la moindre attention à la petite fille qui jouait près d'elle. Oui, c'était très vraisemblable.

D'un autre côté, il s'agissait peut-être d'une fable habilement composée. Il réfléchit un long moment et demanda :

— Pourquoi Tong Mai n'a-t-il pas porté la perle au Palais ? Il eût été facile de vérifier si la vieille descendait réellement de cette femme de chambre, et Tong aurait reçu une récompense bien plus considérable que vos dix lingots d'or.

— Tong n'était qu'un étudiant besogneux, Noble Juge. Il craignait que les autorités se refusent à le croire et le soumettent à la torture. Il trouvait fort raisonnable un arrangement qui lui rapportait dix bons lingots d'or et me laissait l'honneur de faire recouvrer à la Maison Impériale un trésor longtemps perdu.

Le juge Ti regarda d'un air dubitatif la vertueuse expression de son hôte. Sa dernière phrase lui paraissait sujette à caution. L'enthousiasme d'un collectionneur pour un objet rare surpassait souvent son honnêteté, et cela ne l'eût pas surpris que Monsieur Kou, une fois la perle en sa possession, la gardât pour s'en repaître secrètement la vue pendant le reste de ses jours ! Il déclara d'un ton froid :

— Vous appelez cela un arrangement raisonnable ! Pour moi, le fait de ne pas avoir communiqué immédiatement aux autorités un renseignement de la plus grave importance concernant un objet dérobé à la Maison Impériale s'appelle un crime contre l'État. Vous auriez dû m'informer aussitôt des paroles de Madame Ambre. Par votre faute, un joyau sans prix appartenant à la Maison Impériale a disparu de nouveau. Je souhaite pour vous que cette disparition soit momentanée. Je vais faire tout mon possible pour retrouver perle et assassin. Nous découvrirons peut-être alors qu'elle est fausse et qu'il s'agissait d'une mystification... ce qui vaudrait mieux pour vous !

Se levant pour couper court aux protestations de son hôte, le juge Ti demanda encore :

— Une dernière question : Tong Mai vous a-t-il informé de la remise en état par lui du pavillon de l'ancienne propriété de son père ? Il y mettait probablement à l'abri les objets d'art dont il faisait commerce.

— Il ne m'a rien dit, Noble Juge ! Et Ambre n'était pas au courant non plus, j'en suis certain.

— Parfait.

Le juge Ti se retourna pour sortir mais s'arrêta net en voyant une femme aux formes sculpturales apparaître dans l'embrasure de la porte.

Monsieur Kou alla vivement vers elle ; posant la main sur son bras, il dit avec douceur :

— Retourne dans ta chambre, Lotus d'Or. Tu sais que tu n'es pas bien, ma chérie.

Elle ne parut pas l'entendre. Le juge nota qu'elle pouvait avoir la trentaine et que sa beauté était remarquable. Elle avait un joli nez droit, une bouche délicatement dessinée, et ses longs sourcils étaient « semblables à des antennes de papillons ». Mais son visage figé avait une curieuse absence d'expression et ses grands yeux sans éclat semblaient ne rien voir. Elle portait une robe de soie noire à manches traînantes, serrée à la taille par une large ceinture qui mettait en valeur le galbe accentué de sa poitrine. Ses cheveux brillants, tirés en arrière, n'avaient pour toute parure qu'une petite fleur de lotus en filigrane d'or.

— L'esprit de ma Première Épouse est dérangé, Noble Juge, murmura tristement Monsieur Kou. Elle a perdu la raison il y a quelques années à la suite d'une fièvre chaude. Elle reste dans sa chambre la plupart du temps. Si elle sortait seule, elle risquerait de se blesser. Ses femmes de chambre n'ont pas dû s'apercevoir qu'elle s'en allait, la disparition d'Ambre a mis la maison sens dessus dessous ce soir...

Penché sur sa femme, il lui dit à mi-voix des mots tendres, mais elle ne parut pas s'apercevoir de sa présence. Le regard vide, elle leva une main blanche aux doigts fuselés pour mettre de l'ordre dans sa chevelure qui n'en avait nul besoin.

Le juge Ti regardait la belle créature avec compassion. Il dit à Monsieur Kou :

— Prenez soin d'elle. Je trouverai bien mon chemin tout seul.

VII

L'autopsie d'une jolie femme
révèle un petit secret ;
le magistrat expose deux théories
à son fidèle assistant.

Il était onze heures du soir quand le Juge Ti
arrêta son cheval devant la grande porte du
Yamen. Il se pencha sur l'encolure de la bête
pour frapper du bout de sa cravache le lourd
battant ferré. Deux gardes ouvrirent aussitôt, et
le juge passa sous l'arche de pierre qui donnait
accès à la grande cour. Tandis qu'il remettait sa
monture à un palefrenier à moitié endormi, il
aperçut de la lumière à la fenêtre en papier de
son bureau. Il s'y rendit, sa sacoche sous le bras.

Le Sergent Hong était assis devant la grande
table du magistrat et lisait un document à la
lueur de l'unique bougie. Il s'empressa de se
lever en voyant son maître et demanda :

— Que s'est-il passé au Pont-de-Marbre,
Votre Excellence ? Il y a une demi-heure, le
Chef de Village est arrivé avec un cadavre de

sexe féminin. J'ai dit au Contrôleur-des-Décès de procéder à l'autopsie. Voici son rapport.

Hong tendit au juge le papier qu'il tenait à la main. Sans s'asseoir, le magistrat le parcourut rapidement. Le corps était décrit comme celui d'une jeune femme mariée morte d'un coup de poignard au cœur. Il n'y avait pas de vices de conformation, mais le dos montrait d'anciennes cicatrices d'origine indéterminée. La morte était enceinte de trois mois.

Le magistrat rendit le document au Sergent Hong et s'assit dans le grand fauteuil placé derrière son bureau. Il posa la sacoche devant lui et, se renversant sur son siège, demanda :

— Le Chef des sbires a-t-il amené l'étudiant Sia Kouang, l'ami de Tong Mai ?

— Non, Noble Juge. Il est venu il y a une heure me dire que Sia n'était pas encore de retour. Son propriétaire le fripier prétend que ce n'est pas la peine de l'attendre ; il rentre à des heures irrégulières et disparaît parfois pendant deux ou trois jours. Le Chef des sbires a fouillé la soupente où les deux étudiants logeaient ensemble et il a posté deux hommes devant la maison. Ils ont ordre de mettre la main au collet de Sia dès que celui-ci montrera le bout de son nez.

Le vieux Sergent s'arrêta pour s'éclaircir la gorge et reprit :

84

— J'ai eu une longue conversation avec le professeur Ngeou-yang, Noble Juge. Il ne partage pas la haute opinion que le Dr. Pien et Monsieur Kou ont de Tong. Il m'a dit que Tong et Sia, bien qu'assez intelligents, étaient de jeunes débauchés qui abusaient du vin et des femmes, et que les opérations plus ou moins honnêtes ne leur faisaient pas peur, pourvu qu'elles fussent rémunératrices. Ils n'assistaient pas aux cours de façon régulière, et pendant ces derniers mois, on ne les a pour ainsi dire pas vus à l'école du Temple. Le professeur est loin de déplorer cette absence, étant donné leur néfaste influence sur les autres étudiants. Il plaint beaucoup le vieux Monsieur Tong qui est un homme très cultivé. Quant aux parents de Sia Kouang, ils habitent la capitale, croit-il. Ces braves gens semblent avoir rompu toutes relations avec leur fils à cause de sa mauvaise conduite.

Le juge Ti remercia son assistant d'un signe de tête, puis il se redressa pour vider sur la table le contenu de la sacoche. Poussant de côté les deux poignards, il dénoua le mouchoir qui contenait la tortue. Le petit animal fit quelques pas, cligna solennellement des yeux devant la bougie, et rentra dans sa carapace sous le regard étonné du Sergent Hong.

— Si tu me sers une grande tasse de thé bouillant, dit le juge, je te raconterai dans quelles conditions j'ai fait la connaissance de cette nouvelle amie.

Pendant que le Sergent s'affairait autour du réchaud à thé, le juge se leva et prit la petite tortue dans sa main. S'approchant de la fenêtre, il se pencha au dehors pour déposer l'animal entre les rochers artificiels du jardin.

Lorsqu'il fut de nouveau assis devant sa table, il fit au Sergent un récit détaillé des événements survenus dans la maison hantée. Il ne s'interrompit qu'une seule fois, pour entendre le rapport du caporal de la Porte Sud. Celui-ci expliqua que ni lui ni ses camarades des autres portes n'avaient vu d'homme récemment blessé par une arme blanche. Quand il fut reparti, le juge termina son exposé en résumant la conversation qu'il avait eue avec Kou Yuan-liang.

— Il est clair pour moi, conclut-il, que les faits en notre possession permettent d'élaborer deux théories absolument différentes. Je vais te les esquisser brièvement. Cela nous permettra de voir où nous en sommes et de déterminer la direction à donner à notre enquête. Sers-toi aussi du thé, Hong.

Le juge vida sa propre tasse et poursuivit :

— En premier lieu, admettons que Monsieur Kou m'avait dit l'exacte vérité. En ce cas, Tong Mai a été empoisonné par une personne inconnue qui avait appris d'une façon ou d'une autre

86

le projet de vente. Cette personne voulait aller au rendez-vous à la place de Tong afin de s'emparer à la fois de la perle et de l'or. Elle n'hésita pas à tuer Tong pour parvenir à ses fins. Elle n'hésita pas davantage à tuer Madame Ambre, soit que celle-ci l'ait menacée de son poignard, soit simplement pour supprimer un témoin gênant. Il se pourrait aussi — c'est moins probable, mais possible tout de même — que le meurtrier de Madame Ambre ne soit pas le responsable de l'empoisonnement de Tong Mai. Au courant de l'opération projetée dans la maison déserte, il aurait, en apprenant la mort soudaine de Tong, décidé de prendre sa place pour obtenir l'or et la perle. Dans ce cas, la mort de Madame Ambre serait un accident, car voleurs et assassins sont deux catégories de la pègre bien distinctes.

Le juge se tut un instant pour caresser ses favoris.

— Ma seconde théorie, reprit-il, repose sur la croyance que Monsieur Kou a dit seulement une partie de la vérité, et qu'il a menti en prétendant ne pas connaître le lieu de rendez-vous. Dans cette hypothèse, Tong Mai et Madame Ambre auraient été tués sur son ordre.

— Comment une telle chose serait-elle possible, Noble Juge ? s'écria le Sergent Hong.

— Souviens-toi que les deux jeunes gens ont

été élevés ensemble ! Tong était un beau garçon, et Ambre une fille intelligente et fort jolie. Pourquoi ne seraient-ils pas devenus amants ? Beaucoup de riches propriétaires regardent d'un œil indulgent les amours de leurs fils avec les esclaves de la maison. Si le vieux Monsieur Tong était de ceux-là, il est tout à fait possible que la liaison ait continué après l'achat d'Ambre par Monsieur Kou.

— Madame Ambre aurait alors fait montre d'une bien noire ingratitude, remarqua le vieux Sergent.

— Il est parfois difficile de comprendre les raisons d'une femme amoureuse. Monsieur Kou est bel homme, c'est entendu. Il est bien conservé aussi. Mais il a tout de même vingt ans de plus qu'elle. Et l'autopsie a révélé qu'elle était enceinte. Tong Mai pourrait très bien être le père de cet enfant. Supposons qu'il en soit ainsi et que Monsieur Kou ait eu vent de la chose. Il ne dit rien, mais attend une occasion de se venger. Cette occasion s'offre quand Madame Ambre lui parle de la perle. En un clin d'œil, il voit la possibilité de tuer les coupables, de reprendre son or et de s'emparer de la perle... le tout en une seule opération ! Il lui fut facile d'empoisonner Tong lorsqu'il régala l'équipage des Bateaux-Dragons à Pont-de-Marbre. S'étant ainsi défait de son rival, il n'eut plus qu'à louer les services d'un chenapan quelconque, le chargeant d'aller au rendez-vous dans la maison déserte, d'y tuer Ambre, et de lui rapporter lingots et perle, celle-ci étant probablement cachée dans le pavillon. Voici deux théories, Hong, mais, je le répète, elles sont purement conjecturales. Il nous faut avoir d'autres renseignements sur les personnes mêlées à l'affaire avant de passer à l'action.

Le Sergent approuva d'un lent hochement de tête, puis remarqua d'un ton soucieux :

— Mais la perle, Noble Juge ? Il faut la récupérer tout de suite ! Votre arrivée inattendue a empêché l'assassin de la chercher, elle est donc encore dans le pavillon. Ne ferions-nous pas bien d'y aller maintenant et de le fouiller de fond en comble ?

— Non, ce n'est pas nécessaire. J'ai dit au Chef de Village d'y mettre quelques hommes de garde. C'était une simple mesure de précaution, mais j'ai eu du nez ! Demain matin, au jour, nous perquisitionnerons tranquillement. Il y a pourtant une autre possibilité : Tong avait peut-être la perle sur lui. Ses vêtements sont-ils ici ?

Le Sergent alla chercher un gros paquet placé sur la table murale. Le juge brisa les sceaux apposés dessus et, aidé par Hong, fouilla son contenu avec soin. Les coutures du pantalon et de la vareuse furent spécialement examinées, et le Sergent fendit la semelle des chaussons. Le tout en vain.

Quand le Sergent eut refait le ballot de vêtements, le juge but une autre tasse de thé en silence, puis déclara :

— Le fait qu'un vol commis au Palais Impérial soit lié à l'assassinat rend l'affaire extrêmement sérieuse. Je n'arrive pas à bien saisir le caractère de Kou. Je voudrais en savoir plus long sur cet homme. Il est vraiment dommage que la meilleure source d'information possible ne puisse pas être utilisée. Je parle, tu le comprends, de sa Première Épouse qui a l'esprit malade et qu'il est impossible d'interroger. Sais-tu quand et comment son cerveau s'est détraqué ?

— Plusieurs personnes en ont parlé devant moi, Noble Juge. La chose remonte à quatre ans et a fait du bruit dans la ville. Lotus d'Or — c'est le nom personnel de Madame Kou — était sortie un soir pour rendre visite à une amie qui habitait la rue voisine. Elle n'arriva jamais chez cette dame. Elle eut, semble-t-il, une attaque de fièvre chaude en route et perdit la mémoire. Elle marcha probablement droit devant elle et quitta la ville par la Porte Est, errant toute la nuit dans les champs déserts. Le lendemain matin, des paysans la trouvèrent étendue sur l'herbe, inconsciente. Elle demeura plusieurs semaines entre la vie et la mort ; quand elle fut rétablie, son cerveau était à jamais dérangé.

Le Sergent se tut, puis, après avoir tortillé sa moustache grise d'un air pensif, il reprit :

— Quand vous m'avez fait part de votre première théorie, Noble Juge, vous avez envisagé le fait que Tong pourrait aussi avoir été assassiné pour une raison n'ayant rien à voir avec la perle. Tao Gan m'a dit un jour que, pendant les courses de Bateaux-Dragons, si le menu peuple engage seulement des paris modiques, il n'en est pas de même des gros boutiquiers et des riches négociants qui risquent souvent entre eux des sommes considérables. Grâce à certains procédés malhonnêtes, des gens sans aveu arrivent quelquefois à mettre la main sur une grande partie de cet argent. Cette année, par exemple, on pensait généralement que le bateau du Dr. Pien gagnerait. Supposons qu'un filou ait su d'avance que le timbalier de ce bateau serait victime d'un accident, il aurait pu se faire une petite fortune en pariant à fond contre lui. C'est peut-être une pareille canaille qui a empoisonné Tong Mai pour réussir un coup de ce genre.

— En effet, approuva le juge, voici une nouvelle possibilité dont nous devons tenir compte.

A ce moment, on entendit frapper à la porte

et le Chef des sbires entra. Après s'être incliné devant le magistrat, il vint déposer une enveloppe pas très fraîche sur la table et expliqua :

— Lorsque j'ai fouillé la soupente où logeaient les deux étudiants, Votre Excellence, j'ai trouvé ceci dans le coffre à vêtements de Sia. Celui de Tong contenait de vieilles hardes, mais pas le plus petit bout de papier.

— Très bien, mon ami. Vous pouvez vous retirer.

Le juge sortit de l'enveloppe trois feuillets pliés. Le premier était un diplôme de l'École Classique reconnaissant que Sia Kouang avait passé son premier examen avec succès, le second son permis de résider à Pou-yang. En dépliant le troisième, le juge Ti haussa les sourcils. Il posa le papier sur la table et le défripa soigneusement avec la paume de sa main. Approchant la bougie pour mieux voir, il dit :

— Regarde donc un peu ça, Hong !

Le Sergent vit un plan, assez grossièrement tracé, de la région située au sud de la ville. Indiquant du doigt les détails, le juge expliqua :

— Voici le Bois-aux-Mandragores. Et ce rectangle, ici, c'est la propriété du vieux Tong. Seul le petit pavillon est représenté, ce qui établit un rapport entre Sia et la vente de la perle. Il faut me trouver ce garçon au plus tôt !

— Il s'est probablement réfugié dans un coin

populeux de la ville, Votre Excellence. Notre vieil ami Cheng Pa qui se proclamait autrefois le chef de la pègre locale doit savoir où il est.

— Oui, nous pourrons le lui demander. Depuis que je l'ai nommé Maître de la Guilde des Mendiants, il coopère volontiers avec nous.

— Ce n'est pas facile de tomber sur lui dans la journée, mais le soir il est toujours à son Quartier général où les mendiants viennent lui verser sa part de leurs recettes. Je ferais bien d'aller le voir tout de suite.

— Je te l'interdis ! Tu dois être mort de fatigue, mon pauvre Hong. Ton lit est la seule chose que tu aies la permission d'aller trouver.

— Cela va nous retarder d'une journée entière, Noble Juge ! D'ailleurs, Cheng Pa et moi nous entendons très bien à présent, je sais comment m'y prendre avec le vieux matois, et je crois qu'il m'estime assez. Je n'en dirai pas autant de nos trois lieutenants. Il m'a confié un jour qu'il considérait Ma Jong et Tsiao Taï comme de simples brutes, et Tao Gan comme un homme sans scrupule !

— Venant de Cheng Pa, voilà qui ne manque pas de piquant ! répondit le juge avec un sourire. Enfin, puisque tu insistes... vas-y. Mais prends un palanquin officiel et fais-toi escorter par quatre sbires. Le quartier où habite Cheng Pa est plutôt mal fréquenté.

Après le départ du Sergent Hong, le juge but une autre tasse de thé. Le cours des événements le tracassait plus qu'il ne l'avait laissé paraître. L'assassinat d'un étudiant besogneux se transformait en affaire d'une importance nationale.

Une solution rapide était nécessaire, car il n'avait pas le droit de garder trop longtemps pour lui ce qu'il venait d'apprendre au sujet de la perle impériale. Et pourtant, il lui fallait avancer avec précaution. Il poussa un soupir et se leva. Plongé dans ses réflexions, il traversa la cour centrale pour gagner la partie du Yamen où se trouvait son corps de logis personnel.

Il pensait que ses épouses étaient couchées depuis longtemps, aussi projetait-il de passer le reste de la nuit sur le divan de sa bibliothèque. Mais quand le majordome lui eut ouvert il entendit de joyeux éclats de rire dans l'appartement des femmes. Devant l'air surpris de son maître, le vieillard se hâta d'expliquer :

— La Première Épouse du Général Bao et celle de l'Honorable Monsieur Wan — le juge en retraite — sont arrivées tout à l'heure, Votre Excellence. Ces dames ont fait ensemble l'offrande coutumière à la Reine du Ciel, puis votre Première Épouse a prié les visiteuses de rester pour une partie de cartes. Elle m'a commandé de l'avertir tout de suite lorsque vous seriez là, afin qu'elle puisse renvoyer ses invitées et se mettre aux ordres de Votre Excellence.

— Dis-lui de venir un instant dans l'anti-chambre.

Quand Madame Première parut, le juge fut heureux de voir combien elle était belle dans sa robe en brocart violet brodé de fleurs d'or. Sa révérence faite, elle demanda anxieusement :

— Rien de désagréable n'est arrivé après la course ?

— Une affaire urgente a requis mon atten-tion. Je voulais juste vous dire de ne pas interrompre votre partie à cause de moi. Ma soirée a été fatigante et j'ai envie de me coucher tout de suite. Je vais dormir dans la bibliothè-que ; le majordome s'occupera de moi.

Au moment où elle allait lui souhaiter bonne nuit, il demanda :

— A propos, a-t-on retrouvé le domino disparu ?

— Non. Il est sûrement tombé par-dessus bord.

— C'est impossible, notre table était trop loin du bastingage. Je voudrais bien savoir où ce satané double-blanc a été se fourrer.

Madame Première leva malicieusement le doigt et, mi-grave mi-enjouée, déclara :

— Depuis tant d'années que nous sommes unis, je ne vous ai jamais entendu grogner pour des riens. J'espère que vous n'allez pas commencer maintenant ?

— Non, soyez tranquille, répliqua le juge avec un demi-sourire.

Il la salua d'une inclination de tête et prit le chemin de la bibliothèque.

VIII

*Le Sergent rend visite à Cheng Pa ;
celui-ci lui fait part
de ses problèmes sentimentaux.*

Le débit de vin qui servait de Quartier général à la Guilde des Mendiants se trouvait derrière le Temple du Dieu de la Guerre, au centre du quartier pauvre de la ville. Une foule bruyante de vagabonds et de mendiants s'y agitait dans un parfum de sueur refroidie et d'alcool de basse qualité, et le Sergent Hong dut jouer des coudes pour arriver jusqu'au comptoir.

Plantés devant ce meuble, deux hommes de mine peu engageante se lançaient les jurons les plus choisis de leur répertoire. Tous deux étaient grands, mais le géant adipeux appuyé au comptoir les dépassait d'une bonne demi-tête. Vêtu d'une vieille veste noire et d'un pantalon aux pièces multiples, il avait croisé ses bras gros comme les mâts d'un navire sur son énorme panse. Ses cheveux noués d'une étoffe crasseuse pendaient en longues mèches dans son cou,

97

tandis que sa barbe luisante de graisse cachait complètement sa poitrine. Il regarda un moment les deux hommes d'un air pensif, puis il déplia brusquement les bras, remonta son pantalon, et prit les orateurs par la peau du cou. Les soulevant de terre sans effort apparent, il cogna leurs têtes l'une contre l'autre deux fois de suite et les laissa retomber sur le sol. Le Sergent dit alors :

— Cela m'ennuie beaucoup de vous déranger, Cheng Pa. Je vois combien vous êtes occupé par le règlement de problèmes administratifs.

Après avoir jeté un coup d'œil aux deux hommes qui venaient de s'asseoir sur leur séant et se frottaient la tête d'un air hébété, il conclut :

— Pourtant, j'ai un besoin urgent de vous parler.

Le géant lui lança un regard dubitatif.

— Ma santé est bien mauvaise, Honorable Sergent, grommela-t-il, bien mauvaise. Mais il ne sera pas dit que je me serai dérobé aux devoirs que m'impose la politesse. Asseyons-nous, Honorable Sergent, et rafraîchissons nos gosiers.

Lorsqu'ils eurent pris place de chaque côté d'une table branlante avec un bol de vin chaud devant eux, Hong dit aimablement :

— Je ne veux pas abuser de vos précieux instants, Cheng Pa. Je désire seulement vous demander quelques informations au sujet de deux mauvais sujets d'étudiants nommés Tong Mai et Sia Kouang. Ce dernier est aussi connu sous le nom de Sia-le-Balafré.

Le Maître de la Guilde des Mendiants commença par gratter avec application son ventre nu, puis il dit d'un ton sentencieux :

— De jeunes lettrés-vagabonds ? Non, je ne les connais pas. Et je ne tiens pas à les connaître. J'ai assez de mal avec mes vauriens ignorants, alors je suppose que des vauriens instruits qui auraient appris je ne sais quels tours supplémentaires dans leurs livres seraient encore plus difficiles à conduire. Ça ne m'étonne pas qu'ils aient des ennuis, mais moi je n'ai rien à voir avec eux. Rien du tout.

— L'un d'eux est mort. Il lui est arrivé un accident pendant la course.

— Que son âme repose en paix ! dit pieusement Cheng Pa.

— Avez-vous assisté à la course ?

— Qui ça ? Moi ? Non, je ne parie jamais. C'est au-dessus de mes moyens.

— Allons, allons ! Quelques sapèques ?

— Quelques sapèques ? Laissez-moi vous dire, Honorable Sergent, que pas mal de gens ont perdu gros sur le Numéro Neuf ! Y compris peut-être son propriétaire, Pien-la-Sangsue. C'est très malheureux pour lui s'il a perdu. Je dis

« *si* ». Il était plutôt à court d'argent ces temps-ci, à ce que j'ai entendu dire.

Il étudia un instant son bol de vin, puis ajouta d'un ton mystérieux :

— Quand il y a de grosses sommes en jeu, les accidents arrivent.

— A qui la défaite du bateau de Pien a-t-elle profité ?

— C'est difficile à dire, Honorable Sergent. Très difficile ! Ceux qui connaissent d'avance les gagnants sont de rusés coquins, croyez-moi. Ils emploient des douzaines de rabatteurs et d'intermédiaires. Qui sait où va l'argent, en fin de compte ? Certainement pas moi !

— Le magistrat aimerait pourtant bien l'apprendre. Cela peut avoir un certain rapport avec une affaire en cours.

— Une affaire à laquelle serait mêlé un jeune étudiant besogneux, peut-être ?

Le géant secoua tristement la tête et répéta d'un ton ferme :

— Désolé, mais je ne peux vous être d'aucun secours.

— Je ne serais pas étonné, continua Hong sans se déconcerter, si notre juge remettait une belle pièce d'argent à qui le renseignerait.

Cheng Pa leva les yeux au ciel.

— Son Excellence le juge Ti ! s'écria-t-il d'un air extasié. Pourquoi ne pas me dire tout de suite que vous veniez de sa part ? Voyons, Honorable Sergent, ai-je jamais refusé ma coopération aux plus hautes autorités de la ville ? Revenez ici demain, et peut-être pourrai-je vous apprendre une chose ou deux.

Hong acquiesça d'un signe de tête et voulut se lever. Son hôte posa une grosse main sur son bras et demanda d'un ton plein de reproche :

— Pourquoi êtes-vous si pressé, Honorable Sergent ?

Tandis que Hong se rasseyait à contrecœur, Cheng Pa poursuivit avec gravité : J'ai beaucoup d'estime pour vous, Honorable Sergent ! A mon avis vous êtes un honnête homme. Les citoyens de cette ville — et j'entends par là ceux dont l'opinion compte — font grand cas de vous.

Le Sergent Hong se dit mélancoliquement que ces paroles préludaient à une demande d'acompte sur la récompense promise. Cherchant quelques pièces de monnaie dans sa manche, il murmura une protestation, mais Cheng Pa l'interrompit en disant :

— Ne laissez pas le voile de la modestie obscurcir vos mérites, Honorable Sergent ! Vous êtes un homme d'expérience, et les années ont mûri votre sagesse. Aussi, voudrais-je vous charger d'une mission délicate.

Voyant le regard surpris de Hong, il enchaîna vite :

— Non, non, Honorable Sergent, vous ne pouvez pas refuser une toute petite faveur à un vieil homme fort mal en point.

— Vous n'avez pas l'air malade, fit observer Hong à peine revenu de son étonnement.

— Cela ne se voit pas, mais la chose se passe là, dans mon estomac.

Un gargouillis sonore monta de sa panse, et il éructa si bruyamment que les mendiants cessèrent de parler pour lancer à leur chef un regard admiratif. Vous entendez ? Dans mon estomac… le point le plus vital de l'organisme.

— Qu'est-ce qui ne va pas ?

Se penchant vers lui, Cheng Pa murmura d'une voix rauque :

— Il s'agit d'une femme.

Le gros géant avait l'air si malheureux que Hong retint la plaisanterie qui montait à ses lèvres et demanda :

— Quelle est la dame de vos pensées ?

— Ah, vous l'avez bien dit : c'est une dame… une vraie dame ! Elle fut un temps attachée à la Cour Impériale. Dans la capitale, Honorable Sergent ! C'est une créature délicate… pleine de sensibilité. On ne peut lui faire connaître ses sentiments qu'avec la plus grande… hum… circonspection.

Hong lança un regard aigu à son hôte. Une

femme qui avait travaillé au Palais ? Il se redressa sur son siège et demanda vivement :

— Y a-t-il une perle dans cette affaire ?

— Merveilleux ! Vous employez toujours le mot juste, Honorable Sergent ! Une perle... voilà ce qu'elle est. Une perle entre toutes les femmes. Allez la voir et dites-lui un mot en ma faveur. Mais mesurez bien vos paroles, je ne voudrais pour rien au monde que vous offensiez sa pudeur virginale.

Le Sergent était complètement dérouté. Cette affaire n'avait rien à voir avec la perle volée, après tout. Il hésita un instant, puis demanda :

— Vous désirez que j'aille la trouver comme intermédiaire-de-mariage et que je lui demande sa main pour vous ?

— Pas si vite... pas si vite ! s'écria Cheng Pa avec effroi. Vous exercez comme moi une fonction publique et vous comprendrez qu'un homme dans ma position ne peut pas risquer un... hum... un refus. Il faut que je pense à ma dignité, comprenez-vous ?

— Non, je ne comprends rien du tout, répliqua le Sergent, agacé. Qu'attendez-vous de moi, au juste ?

— Que vous alliez la voir et que vous lui glissiez un mot en ma faveur. C'est tout, Honorable Sergent, un mot en ma faveur. Rien de plus, rien de moins !

— J'y consens avec plaisir. Où la trouverai-je ?

— Allez au Temple du Dieu de la Guerre et demandez l'établissement de Mademoiselle Liang. Mademoiselle Liang Violette. N'importe qui vous l'indiquera.

Le Sergent se leva.

— J'ai beaucoup à faire en ce moment, Cheng Pa, mais j'irai la voir dès que j'en trouverai le temps. Dans un jour ou deux, peut-être.

— Tâchez plutôt de trouver le temps nécessaire demain matin, Honorable Sergent, répondit le géant avec un sourire satisfait. Il vient de me revenir à l'esprit que ces deux étudiants dont vous parliez — Tong et Sia si je me souviens bien — sont des visiteurs assidus de l'établissement de Mademoiselle Liang. Très assidus. Interrogez Mademoiselle Violette à leur sujet. Mais avec ménagement. N'oubliez pas que c'est une personne délicate qui a été attachée...

— A la cour Impériale. Je sais, Cheng Pa, je sais. Allons, je reviendrai vous voir demain !

IX

*Le juge Ti
découvre un passage intéressant
dans un vieux livre ;
l'étudiant Sia reparaît enfin.*

Le lendemain matin, lorsque le Sergent entra dans le bureau du juge, il trouva son maître en train de nourrir la tortue.

— Le sens olfactif de ces animaux est remarquable, fit observer le magistrat. Pour nous, ces feuilles de salade n'ont pas d'odeur, mais regarde bien le manège de notre amie.

Il plaça quelques feuilles vertes sur son fauteuil. La tortue venait d'escalader l'un des livres encombrant le bureau, elle leva vite la tête et se dirigea vers le nouveau but. Le juge mit les feuilles devant elle. Quand la petite bête eut tout fait disparaître, il ouvrit la fenêtre et déposa l'animal dans le jardin de rocaille. Il revint ensuite s'asseoir et demanda en souriant :

— Eh bien, Hong, cette soirée ?

Le Sergent lui rapporta en détail sa conversation avec le chef des mendiants et conclut :

— Cheng Pa savait déjà que la mort de Tong Mai n'était pas naturelle. Il a entendu parler aussi de fraudes sur les paris. Il a même suggéré que le Dr. Pien, à court d'argent, aurait arrangé lui-même la défaite de son bateau pour en tirer profit.

Le juge haussa les sourcils.

— Cheng Pa a dit cela ? Il tirailla sa moustache. Voilà qui éclaire le Docteur d'un jour singulier. J'avais l'impression que les citoyens de Pou-Yang le regardaient comme un homme fort à son aise, et je ne pensais pas qu'on pût mettre son intégrité en doute. Il a l'air si digne, avec la pâleur distinguée de son visage et sa moustache de jais. Cependant, il insistait un peu trop pour que la mort de Tong Mai soit attribuée à une défaillance cardiaque ! Toi, Hong, as-tu jamais entendu quelque chose de défavorable à son sujet ?

— Non, Votre Excellence. On le considère généralement comme le meilleur médecin de la ville. Quel dommage que Cheng Pa s'exprime de façon si mystérieuse. Je parierais volontiers qu'il en sait plus sur Tong Mai et Sia Kouang qu'il ne veut bien le dire. Mais il aimerait mieux mourir que parler clairement !

Le juge Ti approuva du chef et répondit :

— Il me paraît évident que Cheng Pa préfère nous voir tenir nos renseignements de la femme dont il t'a parlé. Nous irons faire une petite visite à cette personne tout à l'heure. Sia est-il de retour chez lui ? J'aimerais le rencontrer avant d'entendre ce que l'amie de Cheng Pa peut nous dire sur les deux étudiants.

— Malheureusement, il est toujours introuvable, Noble Juge. L'un des hommes de faction devant son logement vient d'informer le Chef des sbires, qu'il n'avait pas encore reparu.

Le Sergent fit une pause, hésita, puis reprit :

— Il est possible que Cheng Pa ait eu connaissance du projet de vente de la perle, et s'il m'a parlé de son amie, c'était pour me faire comprendre qu'elle savait quelque chose là-dessus. Comment expliquer autrement l'insistance du vieux coquin à me dire qu'elle avait été attachée au Palais Impérial ? Cela ne tient pas debout !

Le juge leva les épaules.

— Souviens-toi, Hong, qu'on emploie des milliers de femmes au Palais. Y compris des femmes de ménage et des filles de cuisine. Quant à la Perle de l'Empereur, n'y pense plus. Je suis arrivé à la conclusion que cette histoire est inventée de toutes pièces. Un simple conte de fée depuis le commencement jusqu'à la fin !

Le Sergent ouvrit de grands yeux. Sans lui laisser le temps de parler, le juge continua :

— Oui, Hong, il s'agit d'une mystification. Et je suis convaincu que Monsieur Kou pense comme moi ! Je n'ai pour ainsi dire pas fermé l'œil de la nuit, repassant plus de cent fois dans mon esprit les détails de la disparition de la perle et la façon dont elle serait tombée entre les mains de Tong. Ma conclusion, c'est qu'elle n'existe pas.

Écoute-moi bien. Comme je te l'ai expliqué hier, il est probable que Tong et Madame Ambre avaient une liaison. Il y a deux Lunes, la jeune femme informa son amant qu'elle était enceinte de lui. Comprenant l'impossibilité de tenir plus longtemps leur aventure secrète, ils décident de fuir ensemble. Mais comment se procurer l'argent nécessaire ? Ils pensent à la vieille histoire de la Perle de l'Empereur et imaginent d'en tirer parti. Madame Ambre ira trouver son mari ; elle lui racontera que Tong est entré en possession du joyau et l'a caché dans un endroit sûr, et elle offrira de se rendre dans ce lieu connu d'elle pour négocier l'achat. Les amants n'auront qu'à se rejoindre dans le petit pavillon et filer avec les dix lingots d'or. L'affaire était bien calculée ! Mais ils ne savaient pas que Monsieur Kou, au courant de leurs amours, n'attendait qu'une occasion de se venger. Cet homme aurait été vraiment trop bête s'il n'avait pas compris que la cachette connue à la fois d'Ambre et de Tong était la demeure abandonnée. Il feint d'ajouter foi aux dires de sa femme, empoisonne l'amant, et envoie un assassin à gages occire Ambre et récupérer l'or. Que penses-tu de cela, Hong?

Le Sergent ne semblait pas convaincu.

— Hier soir, répondit-il lentement, je n'ai pas protesté contre l'hypothèse de Votre Excellence parce que nous passions seulement des possibilités en revue. Mais à présent que vous formulez clairement une accusation contre Monsieur Kou, je dois avouer que je ne vois pas bien un homme tranquille comme lui commettre un crime aussi abominable. Il y a tant d'autres personnes sur qui les soupçons peuvent se porter. Tout à l'heure, nous parlions du Dr. Pien...

— La jalousie transforme parfois en violent l'homme le plus paisible, l'interrompit le magistrat. Quoi qu'il en soit, nous allons nous rendre dans l'ancienne propriété de Tong Yi-kouan et examiner le petit pavillon. Nous n'y trouverons pas la perle, bien sûr, mais je ne serais pas fâché de voir le décor du meurtre à la clarté solaire. Et une chevauchée matinale ne pourra que nous faire du bien. Si, à notre retour, l'étudiant Sia ne s'est pas montré, nous rendrons visite à la bonne amie de Cheng Pa. Peut-être pourra-t-elle nous renseigner sur l'endroit où se terre cet insaisissable garçon. Il faut absolument que j'aie un entretien avec lui avant l'audience de ce matin.

Comme le juge se levait, son regard tomba sur

le livre qui avait servi de terrain d'exercice à la tortue.

— Ah, j'oubliais ! s'écria-t-il. Une heure avant l'aube, comprenant qu'il me serait impossible de me rendormir, je me suis plongé dans ce livre que j'ai emprunté il y a quelques jours à la bibliothèque du greffe.

Il ouvrit le volume à une page marquée par un signet et continua :

— C'est un recueil d'observations sur ce district. Un ancien magistrat de Pou-yang qui s'intéressait beaucoup à l'histoire de la région l'a publié à ses frais il y a une cinquantaine d'années. Il raconte, entre autres choses, une excursion aux ruines du temple de la Déesse du Fleuve. Le Bois-aux-Mandragores était encore facilement accessible en ce temps-là. Écoute ce qu'il dit :

« La muraille extérieure et le portail ont été considérablement endommagés par le tremblement de terre, mais le hall principal et la fameuse statue de la Déesse sont intacts. La statue a plus de dix pieds de haut ; elle est placée sur un piédestal, et un autel de forme carrée se trouve devant. Autel, statue et piédestal ont été taillés dans un seul et même bloc de marbre. C'est vraiment une œuvre remarquable ! »

110

Le juge Ti approcha le livre de ses yeux et poursuivit :

— Un lecteur de cet ouvrage a écrit dans la marge une note à l'encre rouge. Écoute bien :

« Mon estimé collègue fait erreur. Visitant ce temple dix années après lui, j'ai vu que l'autel n'était pas taillé dans le même bloc que le reste. J'ai fait enlever le ciment qui le reliait au piédestal de la statue, ayant entendu dire qu'autrefois les prêtres dissimulaient leurs précieux vases lithurgiques dans des cachettes pratiquées à l'intérieur de ces autels. Il me semblait préférable de mettre des objets de cette valeur dans un endroit plus sûr, comme par exemple la chambre aux trésors du Ministère des Rites. Mais le marbre ne recélait aucune cachette. — Touan, Magistrat de Pouyang. »

Le juge interrompit sa lecture pour remarquer :

— Ce Touan était un fonctionnaire consciencieux. Je reviens maintenant au texte du livre :

« On a glissé à l'index gauche de la statue un anneau d'or avec un gros rubis tout à fait magnifique. Le Chef de Village m'a dit que cette pierre passe pour être le Mauvais Œil lui-même, et que par conséquent personne n'oserait la voler.

111

Chacun des coins supérieurs de l'autel est percé d'un trou. On y introduisait les cordes destinées à maintenir le jeune homme que le sort désignait pour être immolé à la Déesse, le Cinquième Jour de la Cinquième Lune. Le Grand-Prêtre coupait les veines de la victime avec un couteau de jade et aspergeait la statue de son sang. Une procession transportait ensuite le corps jusqu'au fleuve, dans lequel on le jetait solennellement. Il y a quelques années, une décision de notre sage Gouvernement a heureusement mis fin à cette pratique barbare. On dit que la surface de la statue est toujours humide, et je dois reconnaître qu'il en était ainsi le jour de ma visite. Ce phénomène est-il attribuable à la rosée ou bien a-t-il une cause surnaturelle ? Je laisse mon savant lecteur en décider. L'inquiétante atmosphère de cet étrange endroit m'a fort impressionné ; j'y suis resté moins longtemps que je n'en avais l'intention. Avant de me retirer, j'ai pris dans les ruines de la muraille une brique datée que je conserve en souvenir de mon passage. »

Le juge Ti reposa le livre sur son bureau.

— C'est tout ce que l'auteur dit sur ce sujet, conclut-il, mais c'est vraiment curieux !

Il fit signe au Sergent de le suivre, et lorsqu'ils furent dans la cour, il commanda au Chef des sbires de leur faire amener deux chevaux.

Ils quittèrent Pou-yang par la Porte Sud. Une brume légère s'élevait du canal, et sa fraîcheur rendit leur chevauchée jusqu'à Pont-de-Marbre fort plaisante.

Leur première visite fut pour le Chef de Village. Le bonhomme expliqua au juge que ses miliciens étaient rentrés au petit jour, après une nuit des plus désagréables. Selon l'un d'eux, des voix surnaturelles avaient chuchoté à plusieurs reprises des paroles inintelligibles dans le Bois-des-Mandragores. Un autre soutenait avoir vu des formes blanchâtres flotter entre les arbres. Les malheureux avaient passé la nuit blottis les uns contre les autres dans le jardin clos. Le Chef de Village ajouta qu'il avait apposé lui-même les scellés sur la porte du petit pavillon, après qu'on en eut emporté le cadavre de Madame Ambre.

Le juge Ti approuva d'un signe de tête et se remit en selle, imité par le Sergent. Ils traversèrent le marché, où les commerçants disposaient des marchandises sur leurs éventaires, et prirent le chemin de la forêt. Arrivé au vieux pin qui indiquait le commencement de la propriété des Tong, le juge descendit de sa monture et l'attacha au tronc noueux. Le Sergent fit de même, et les deux hommes continuèrent leur route à pied.

En plein jour, le trajet parut moins long au magistrat qui découvrit bientôt la loge en briques rongées par le temps et les murailles couvertes de lierre.

Au moment de franchir l'ouverture qui donnait accès au jardin clos, le juge mit brusquement sa main sur le bras du Sergent. Un homme de forte carrure se trouvait devant le pavillon. Vêtu d'une longue robe noire et d'un bonnet de gaze, il contemplait la porte entrouverte et la bande de papier portant le sceau du Chef de Village qui, déchirée, flottait doucement dans la brise matinale.

— Hé là! cria le juge Ti. Qui êtes-vous, et que faites-vous ici?

L'homme fit volte-face. Sans répondre, il les examina sous ses lourdes paupières. Son visage arrondi avait une expression placide ; il portait une moustache courte et un collier de barbe soigneusement taillé. Quand il les eut bien considérés, il dit d'un ton de voix dénotant une certaine culture :

— Cette façon discourtoise d'apostropher les gens mériterait une réponse du même genre. Votre apparence me donne cependant à croire que vous êtes un représentant de l'autorité, aussi vous ferai-je seulement observer que ce serait plutôt à moi de vous poser ces questions, car vous foulez, sans autorisation, le sol de ma propriété.

Le juge ne se perdit pas en vaines paroles.

— Je suis le magistrat de ce district, dit-il d'un ton sec. Je procède à une enquête. A présent, parlez !

Son interlocuteur s'inclina bien bas et répondit de la façon la plus civile :

— J'ai l'honneur d'informer Votre Excellence que mon nom est Kouang Min. Je vends des produits pharmaceutiques dans la capitale. Voici quatre ans, j'ai acheté cette demeure à Monsieur Tong Yi-kouan, son précédent propriétaire.

— Il s'est passé ici des choses singulières. Veuillez me fournir la preuve de votre identité.

L'homme en noir s'inclina de nouveau très bas et sortit de sa manche deux documents qu'il présenta au juge. L'un était une carte d'identité portant le sceau du Gouverneur métropolitain, l'autre un plan détaillé du domaine délivré quatre ans plus tôt par le tribunal de Pou-yang à son acquéreur, Monsieur Kouang Min. En lui rendant ces papiers, le juge dit :

— Très bien. Maintenant, expliquez-moi pourquoi vous avez brisé les scellés qui étaient apposés sur la porte de ce pavillon. C'est un délit punissable, vous le savez sûrement.

— Mais je n'ai rien brisé du tout, Votre Excellence ! La porte était entrouverte.

— Pourquoi vous trouvez-vous ici à cette heure matinale ?

— Si Votre Excellence veut bien écouter une longue histoire…

— Pas de longue histoire. Soyez bref !

— L'essentiel, reprit calmement Monsieur Kouang, peut se résumer ainsi : il y a quatre ans, mon client le Dr. Pien m'écrivit qu'on pouvait avoir cette propriété pour pas cher et me conseilla de l'acheter, précisant que les mandragores abondaient dans la forêt voisine. Ma maison est toujours prête à acquérir de tels lots de terrains car la racine de cette plante est utilisée en médecine, comme Votre Excellence le sait sans doute. J'en fis l'achat, mais nous avions à ce moment un gros stock de mandragores, aussi est-ce seulement deux ans plus tard que je décidai d'envoyer l'un de mes agents en inspection. Avisé par moi de la chose, le Dr. Pien me répondit que la sécheresse sévissait dans la région et que la présence de cet homme risquerait d'irriter les villageois. Ces bois sont consacrés à la Déesse du Fleuve, et les gens s'imaginent…

— Je sais, l'interrompit impatiemment le juge Ti. Passez cela.

— J'obéis à Votre Excellence. Pendant les deux années qui suivirent, d'autres affaires prirent tout mon temps, mais hier matin, lorsque ma jonque arriva près de Pont-de-Marbre, je

116

pensai à la propriété que j'avais achetée dans les environs et...

— Quelle raison vous amène à Pont-de-Marbre ? Vous faites un voyage d'agrément ?

— Tout le contraire, répliqua Monsieur Kouang. Je remonte le Grand Canal pour me rendre dans l'une de mes agences où m'appelle une affaire urgente. J'ai frêté, il y a trois jours, une jonque fluviale avec mon ami et collègue Monsieur Souen et nous n'avions pas l'intention de nous arrêter en route. Mais en arrivant ici, nos matelots apprirent qu'une course de Bateaux-Dragons allait avoir lieu, et les paresseux insistèrent pour passer la nuit en cet endroit. Voulant utiliser au mieux cet arrêt forcé, j'adressai un message au Dr. Pien pour lui demander de venir déjeuner avec moi et me faire ensuite visiter l'ancienne propriété de la famille Tong. Il me répondit que l'organisation de la course l'occupait beaucoup, mais qu'il s'arrangerait pour me voir vers la fin de l'après-midi. Il vint prendre le thé sur ma jonque, et nous tombâmes d'accord pour nous rencontrer ici ce matin, peu après le lever du soleil. J'ai choisi une heure matinale parce que mon intention était — et est toujours avec la permission de Votre Excellence — de remettre à la voile le plus tôt possible. J'attends donc le Dr. Pien, et je suis ravi qu'un heureux hasard vous ait également amené ici, Seigneur Juge, car hier la crainte de vous importuner m'a empêché de me présenter devant Votre Excellence.

Devant le regard interrogateur du juge Ti, Monsieur Kouang expliqua, sans se départir de son air d'amabilité un peu narquoise :

— Hier soir, le Dr. Pien m'a fort poliment mené dans un estaminet de Pont-de-Marbre où il traitait les équipages des Bateaux-Dragons, puis il m'a conduit jusqu'à l'endroit du Canal où la course devait se terminer. Ensuite, sa tâche d'organisateur le réclama, et tandis que je flânais sur le bord de l'eau, un passant me montra la barge de Votre Excellence. Je pris la liberté de me rendre à votre bord, car j'ai de nombreuses relations commerciales à Pou-yang et je pensais que la courtoisie me commandait d'aller présenter mes respects au magistrat du lieu. Ne trouvant personne sur le pont inférieur, je m'engageai dans l'escalier, mais j'aperçus Votre Excellence et Ses Épouses qui contemplaient le fleuve, appuyés au bastingage. Je ne voulus pas me montrer importun et me retirai. En redescendant, je rencontrai le majordome et lui dis de ne pas vous déranger. Je parle de cela à Votre Excellence pour bien montrer que je ne manque pas de...

— En effet. Ce fut très aimable à vous, Monsieur Kouang.

Le juge examina de nouveau son interlocuteur. C'était donc lui le mystérieux visiteur dont lui avait parlé son majordome. Il demanda :

— Votre collègue, Monsieur Souen, vous accompagnait-il ?

— Non, Seigneur Juge. Ne se sentant pas très bien, il s'était retiré de bonne heure dans sa cabine. Quant à moi, j'assistai à la fin de la course, louai un cheval, et rentrai à Pont-de-Marbre. Mes vauriens de matelots n'étaient pas encore revenus, aussi me suis-je fait moi-même une tasse de thé avant de gagner à mon tour ma cabine.

— Parfait. Merci Monsieur Kouang. A présent, dites-moi donc pour quelle raison vous avez fait remettre le pavillon en état ?

Les sourcils de Kouang Min exprimèrent une surprise polie.

— Remettre en état ? Démoli, vous voulez dire ?

Le juge Ti grimpa rapidement les marches du petit bâtiment, suivi du Sergent Hong et de Monsieur Kouang. S'arrêtant dans l'embrasure de la porte, il contempla la pièce d'un regard incrédule. Le plâtre avait été arraché des murs, laissant voir de grandes surfaces de briques rouges. La moitié du plafond manquait, le carrelage était parti, et on avait même fendu les pieds en bambou du divan.

— Que s'est-il passé ici ? demanda une voix étonnée derrière eux.

— Des intrus se sont introduits dans cette pièce et s'y sont comportés de façon scandaleuse, Dr. Pien. Nous examinons les dégâts.

— J'avais l'impression, Docteur, dit à son tour Monsieur Kouang, que vous aviez accepté par écrit d'avoir l'œil sur ma propriété.

— J'ai envoyé un homme ici il n'y a pas même une Lune, répliqua le Dr. Pien d'un air contrarié. Il m'a dit que tout était en bon état. Il connaissait bien le domaine puisque c'était Tong Mai, le fils du précédent propriétaire. Je n'y comprends rien...

— Attendez-moi un instant, l'interrompit le juge. Il fit signe à son assistant de le suivre et, tout en traversant le jardin, lui dit :

— L'assassin croyait certainement à l'histoire de la perle. Aussitôt les miliciens partis, il est revenu pour la chercher. Allons voir s'il est allé aussi dans le bâtiment principal.

D'un geste irrité, il chassa quelques mouches bleues qui voletaient autour de sa tête.

Une visite rapide des pièces désertes montra que rien n'y avait été dérangé. Dans la poussière qui couvrait le sol apparaissaient seulement les empreintes de pas laissées la veille par le juge. Tandis que les deux hommes allaient retrouver

120

le Dr. Pien et son compagnon, le Sergent remarqua :

— Le pavillon a été fouillé de fond en comble. Cela semble indiquer que l'assassin n'a pas trouvé l'objet de ses recherches.

— En effet, répondit le juge. D'un grand geste de la main, il chassa un essaim de grosses mouches.

— Maudits insectes ! grommela-t-il. Vois-tu ce mur, Hong ? C'est sur son faîte que j'ai vu ma petite amie la tortue. Posant sa main sur le mur bas, il poursuivit : Elle se promenait là, sous une touffe...

Il s'interrompit brusquement et se pencha pour voir de l'autre côté. L'ayant imité, Hong étouffa un juron.

Un homme vêtu d'un pantalon et d'une veste bleue gisait dans l'herbe de l'étroit fossé. D'innombrables mouches à viande grouillaient sur le sang coagulé qui couvrait son crâne.

Le juge courut vers le pavillon. Le Dr. Pien et Monsieur Kouang étaient en grande conversation dans un coin de la pièce. Le juge s'approcha d'eux et demanda d'un ton détaché au négociant en produits pharmaceutiques :

— Depuis combien de temps étiez-vous là quand je suis arrivé, Monsieur Kouang ?

— Depuis quelques minutes seulement, Votre Excellence. Je n'ai même pas visité le bâtiment principal. Je suis venu directement dans ce jardin pour voir le Bois-aux-Mandragores parce que...

— Venez tous les deux ! commanda le juge Ti.

Monsieur Kouang n'eut pas plus tôt vu ce qui se trouvait de l'autre côté du petit mur qu'il eut un haut-le-cœur, et se mit à vomir.

— C'est l'étudiant Sia, Noble Juge ! s'écria le Dr. Pien. Voyez la cicatrice sur sa joue gauche !

Le juge fourra le bas de sa robe dans sa ceinture et escalada le mur, suivi aussitôt par le Dr. Pien et le Sergent.

S'accroupissant près du cadavre, il examina la chevelure ensanglantée, puis il chercha dans l'herbe et ramassa une brique qu'il tendit à Hong en disant :

— On lui a défoncé le crâne par-derrière avec cette brique. Vois le sang ici, sur le côté. Se relevant, il ajouta :

— Regarde avec moi sous les arbrisseaux, il y a peut-être d'autres indices.

— Voilà quelque chose qui ressemble à la caisse à outils d'un charpentier, Votre Excellence ! s'écria Hong.

Il montra au magistrat la boîte oblongue toute éraillée qu'il venait de découvrir. Sur un signe de son maître, il défit les courroies de cuir. La boîte contenait deux lames de scie, un marteau et plusieurs ciseaux à bois.

— Emporte-la aussi, dit le juge. S'adressant au Dr. Pien, il ordonna :

— Aidez-moi à lui retirer sa veste.

Lorsque le torse musclé du mort apparut, ils virent un chiffon noué très serré autour du bras gauche. Le Dr. Pien le défit et examina la profonde entaille qu'il recouvrait.

— Cette blessure est très récente, Noble' Juge, fit-il observer. Elle a vraisemblablement été produite par une lame mince et bien affilée. Le cadavre est encore tiède, la mort remonte à une demi-heure à peine !

Le juge Ti garda le silence. Il fouilla les manches de la veste, mais elles étaient vides. Les plis de la ceinture d'étoffe enroulée autour de la taille de l'étudiant ne contenaient rien non plus, pas même un mouchoir. D'un ton bref, le juge dit :

— Nous en avons terminé ici. Le Contrôleur-des-Décès s'occupera du reste.

X

*Monsieur Souen parle
de ses ennuis de santé ;
le juge Ti décide de reprendre
son incognito.*

Lorsque les trois hommes eurent repassé le petit mur, Kouang Min se précipita vers eux pour les questionner. Sans lui répondre, le juge dit au Sergent Hong :

— Monte à cheval, galope jusqu'à Pont-de-Marbre, et ramène-nous le Chef de Village et une douzaine de miliciens.

Il se mit à parcourir le jardin à grands pas, secouant de temps à autre ses manches d'un air irrité. Le Dr. Pien entraîna Monsieur Kouang à l'écart, et tous deux entamèrent un conciliabule à voix basse.

Hong fut assez vite de retour. Il était suivi d'un Chef de Village effaré et de jeunes hommes qui n'en menaient visiblement pas large, malgré les longs bâtons de bambou dont ils étaient munis.

— Faites transporter le cadavre au tribunal,

commanda le juge Ti à leur chef. Et laissez quelques hommes de garde ici jusqu'à l'arrivée de mes sbires.

Voyant leur mine inquiète, il dit d'un ton sec :

— Il fait grand jour maintenant. De quoi pourriez-vous avoir peur ?

Se tournant vers le Dr. Pien et Monsieur Kouang, il annonça :

— Nous allons rejoindre le village ensemble. Vous pouvez emprunter deux chevaux aux miliciens.

Quand la petite cavalcade atteignit Pont-de-Marbre, le juge se fit conduire à la jonque de Monsieur Kouang. C'était un imposant bâtiment qui tenait presque toute la longueur du quai, au-delà du port. Quatre matelots aux traits tirés déroulaient sa voile en nattes de bambou.

Après avoir commandé à ses compagnons de l'attendre, le juge franchit la planche étroite qui servait de passerelle et appela le capitaine. Un temps assez long s'écoula, puis une tête aux cheveux embroussaillés émergea de l'écoutille et le capitaine sauta sur le pont. Remontant son pantalon d'un geste machinal, il fixa sur le juge ses yeux chassieux injectés de sang. Il était clair que, tout comme son équipage, il avait passé la nuit à terre.

— Menez-moi chez Monsieur Souen, ordonna le juge.

126

D'un pas traînant, le capitaine se dirigea vers la double cabine que formait l'arrière surélevé de la jonque. Il bourra de coups de poing son étroite porte jusqu'à ce qu'une fenêtre placée à côté d'elle s'ouvrît. Un homme au cou décharné et à la barbiche agressive se montra, une serviette autour du crâne.

— Pourquoi tout ce tapage ? gémit-il. J'ai une migraine atroce. Je ne veux pas être dérangé !

— Je suis le Magistrat du district. Non, restez où vous êtes ! Je désire seulement savoir où vous avez passé la nuit dernière.

— Dans mon lit, Seigneur magistrat. Je n'ai pas dîné hier soir. Ces attaques me prennent de temps à autre, c'est une vraie calamité !

Posant ses coudes sur le rebord de la fenêtre, il poursuivit :

— Je dois reconnaître que la nature m'avertit d'avance. Ça débute toujours par un mouvement de fièvre et une perte totale d'appétit. Ensuite, j'ai comme une envie de vomir, avec une sensation d'amertume dans la bouche, et alors...

— C'est très désagréable, j'en suis sûr. Monsieur Kouang est-il venu vous voir ?

— Mais certainement, Seigneur Magistrat. Avant le dîner il est venu me dire qu'il allait assister à la course des Bateaux-Dragons avec un de ses amis. Je ne l'ai pas entendu rentrer. Vous le trouverez sûrement dans sa cabine, à côté de la mienne. Y a-t-il eu un accident ?

— Un homme a été assassiné. Je cherche des témoins.

Jetant un regard désapprobateur à la tenue négligée du capitaine, Monsieur Souen soupira :

— En tout cas, ce n'est pas lui la victime. C'est dommage, je n'ai jamais vu bateau si mal commandé.

Le capitaine se mit à protester avec indignation, mais le juge l'interrompit en commandant d'un ton sec :

— Conduisez ce bateau jusqu'au débarcadère qui se trouve près de la Porte Ouest de Pou-yang, et n'en bougez pas sans mon ordre !

Il dit ensuite à Monsieur Souen :

— Vous allez être obligé de demeurer un jour ou deux dans notre ville. Vous en profiterez peut-être pour voir un médecin. Je vous souhaite une prompte guérison.

Monsieur Souen s'écria qu'il devait continuer son voyage sans délai, mais le juge Ti ne l'écouta pas et redescendit à terre.

— Vous êtes un témoin important, expliqua-t-il à Monsieur Kouang. J'aurai besoin de vous. J'ai dit au capitaine de garer sa jonque près du débarcadère de Pou-yang. Vous pourrez rester à bord ou loger dans un hôtel, à votre choix. Mais dans le dernier cas, faites connaître votre adresse au tribunal, afin que nous puissions vous atteindre si besoin en est.

Kouang Min voulut répliquer quelque chose, mais sans lui prêter attention, le juge dit au Dr. Pien :

— J'aurai besoin de vous aussi, Docteur. Ne quittez pas la ville pour l'instant. Au revoir.

Il sauta sur son cheval et s'éloigna, accompagné du Sergent Hong. Le soleil était à présent assez haut dans le ciel et, sous ses impitoyables rayons, les deux cavaliers se sentaient doucement rôtir.

— Nous aurions dû prendre des chapeaux de paille, grommela le juge Ti.

— La chaleur va encore monter, Votre Excellence, affirma Hong. Pas la moindre brise, et je n'aime guère les petits nuages noirs qui commencent à se rassembler là-bas. Cela ne m'étonnerait pas que nous ayons de l'orage en fin de journée.

Le magistrat ne répondit rien et la chevauchée se poursuivit en silence. Quand ils arrivèrent en vue de la Porte Sud, le juge s'écria brusquement :

— C'est le troisième meurtre en deux jours ! Et Sia était la seule personne capable de jeter quelque lumière sur cette déconcertante affaire !

Se calmant un peu, il ajouta :

129

— Je suis vraiment inquiet, Hong. Il y a un dangereux criminel en liberté dans notre ville.

Le caporal du poste militaire les avait vus approcher et se tenait au garde-à-vous. Un bruit de petites pièces de bambou entrechoquées venait du poste où deux soldats rassemblaient les contremarques du soir précédent. Le juge arrêta sa monture pour les regarder à travers la fenêtre. Au bout d'un instant, il se redressa sur sa selle et, l'air songeur, laissa la cravache qu'il tenait à la main se balancer au bout de ses doigts. Il avait le vague sentiment que ces morceaux de bambou auraient dû lui rappeler quelque chose. Mais quoi ? Il fronça les sourcils.

Le caporal le regardait avec étonnement. Il finit par dire gauchement :

— La journée est... hum... plutôt chaude, Votre Excellence.

Perdu dans ses pensées, le juge ne l'entendit pas. Brusquement, un large sourire parut sur ses lèvres. Se tournant vers Hong, il s'écria :

— Auguste Ciel ! C'est cela... évidemment ! Caporal, faites classer ces contremarques. Si vos hommes en trouvent deux qui portent le même numéro, envoyez-les immédiatement au tribunal.

Il repartit au petit trot. Hong, intrigué, voulut

lui demander ce qu'il avait découvert, mais le juge dit vivement :

— Je vais aller voir la bonne amie de Cheng Pa. Toi, va chez Monsieur Kou et interroge les serviteurs pour savoir si leur maître est sorti ce matin. Rudoie-les ou soudoie-les, peu importe, mais obtiens le renseignement.

— Et l'audience de ce matin, Votre Excellence ? demanda le vieux Sergent avec anxiété. L'assassinat de Madame Ambre doit être connu de toute la ville, maintenant, et les gens sauront vite aussi ce qui est arrivé à Sia. Si nous ne faisons pas de déclaration officielle, les langues vont se mettre à marcher, et des histoires plus fantastiques les unes que les autres vont courir les maisons de thé !

Le juge repoussa son bonnet de gaze sur son front en sueur.

— Tu as raison, mon vieil ami ! Fais annoncer qu'il n'y aura pas d'audience matinale, mais que le Tribunal siégera à midi. J'exposerai uniquement les faits, me bornant à dire qu'une enquête est en cours. Prends mon bonnet et donne-moi ta coiffure. Je n'ai pas la moindre idée de ce que peut être cette Mademoiselle Liang, aussi je préfère la rencontrer incognito.

Il mit sur sa tête la petite calotte de son assistant, et les deux hommes se séparèrent. Le juge dirigea sa monture vers le Temple du Dieu de la Guerre ; avec cette coiffure et couvert de sueur et de poussière, il espérait bien que sa qualité de magistrat ne serait pas reconnue.

XI

Une lutteuse mongole
fait ses confidences au juge Ti ;
une jeune fille dévoile son dos
devant lui.

Le gamin auquel le juge demanda où se trouvait la demeure de Mademoiselle Liang ne leva même pas les yeux vers lui ; sans mot dire, il désigna d'un doigt sale la grande construction en bois qui s'élevait à l'extrémité de la rue.

Pendant que le juge attachait sa monture à un anneau mural, son regard se posa sur l'enseigne laquée de rouge accrochée près de la porte. Il déchiffra ses quatre grands caractères noirs tracés en écriture cursive : *Wou-te Tao-tchang,* « Salle d'Entraînement de la Vertu Martiale. » Un sceau de forme carrée, apposé contre le bord supérieur, indiquait que l'inscription était de la main même d'un des Princes de la Maison Impériale. Hochant dubitativement la tête, le juge entra.

Une fraîcheur relative régnait dans le grand hall sombre. Au centre, sur une épaisse natte de roseau, six gaillards nus jusqu'à la ceinture pratiquaient deux à deux différentes prises de lutte. Un peu plus loin deux autres truands à la chevelure ébouriffée s'escrimaient avec de longues cannes en bambou. Une demi-douzaine d'hommes assis sur un banc latéral suivaient d'un air attentif les mouvements de leurs camarades. Personne ne remarqua l'arrivée du nouveau venu.

L'un des manieurs de canne reçut un coup sur la main. Il laissa tomber son bambou en égrenant un chapelet de jurons.

— Mesurez votre langage je vous prie, Monsieur Mo, lança du fond du hall une voix gutturale.

Penaud, le truand se retourna et dit humblement :

— Oui, Mademoiselle Liang ! Excusez-moi, Mademoiselle Liang !

Il souffla sur ses doigts endoloris, ramassa le bambou, et l'assaut reprit de plus belle.

Le juge contourna le groupe des lutteurs pour se diriger vers le comptoir qui se trouvait au fond de la pièce. Arrivé là, il s'arrêta net, contemplant avec des yeux incrédules la femme aux proportions colossales qui se prélassait dans un fauteuil. Cette montagne de chair était vêtue d'un large pantalon en cotonnade brune et d'une veste à manches courtes, comme en portent les

134

lutteurs professionnels. Une bande d'étoffe rouge était nouée sous son ample poitrine, tandis qu'une autre faisait le tour de sa taille et soutenait une panse majestueuse. Levant son visage rond et inexpressif vers le juge, elle demanda d'une voix rauque :

— Que désire l'Honorable Étranger ?

Se ressaisissant, le juge Ti répliqua d'un ton brusque :

— Je m'appelle Jen. Je suis professeur de boxe dans la capitale. Je dois séjourner plusieurs semaines à Pou-yang, et Monsieur Cheng Pa m'a envoyé ici pour vous demander votre avis sur la meilleure façon de me procurer quelques élèves. Pour mettre un peu de riz dans mon bol, comprenez-vous ?

Mademoiselle Liang ne répondit pas tout de suite. Elle leva un bras massif pour tapoter ses cheveux qu'elle portait tirés en arrière et rassemblés en un petit chignon bas. Tout en procédant à cette opération, elle ne quittait pas le visiteur du regard. Soudain, elle dit :

— Donnez-moi votre main.

La main du juge disparut dans celle de son hôtesse, calleuse et semblable à un énorme battoir. Le magistrat était robuste, mais il ne put retenir une petite grimace et dut appel faire à toute sa force pour résister à la formidable étreinte.

— Très bien, dit-elle en relâchant sa prise. Vous êtes vraiment un professeur de boxe. Ces messieurs portent donc barbe et favoris, à présent !

Avec une surprenante agilité elle se leva, passa derrière le comptoir, et prit une jarre de vin pour en remplir deux bols.

— Buvons un coup, collègue ! proposa-t-elle.

Debout, elle était aussi haute que le magistrat, pourtant lui-même exceptionnellement grand. En buvant à petites gorgées un vin qu'il trouva plutôt bon, le juge regardait avec curiosité la tête de son hôtesse, toute ronde et qui semblait sortir directement des larges épaules.

— Où vous a-t-on enseigné cette prise ? demanda-t-il.

— Très loin dans le Nord. Je dirigeais une troupe de lutteuses mongoles. Voici quelques années, alors que nous faisions la démonstration de nos talents dans votre capitale, le Troisième Prince Impérial nous engagea pour le Palais. La Cour entière, les dames aussi bien que les messieurs, venait assister à nos assauts. Nous luttions toutes nues. Façon de parler, bien entendu, car nous portions un petit tablier de brocart par-devant. Nous autres filles, nous avons notre pudeur !

Elle vida son bol d'un trait, cracha par terre, et poursuivit :

136

— L'année dernière, le Ministre des Rites fit un rapport sur nous à l'Empereur. Il paraît que nos assauts étaient indécents ! Mon œil, oui ! Savez-vous qui était derrière le Ministre des Rites ? Les dames de la Cour, Honorable Monsieur Jen ! Elles étaient jalouses de nous. Cela les ennuyait que leurs maris puissent voir une fois dans leur vie comment étaient bâties de vraies femmes ! Ces misérables petites créatures de rien du tout ! Si le Ciel miséricordieux ne leur avait pas fait présent d'un nez, il serait impossible de différencier leur devant de leur derrière ! Mais en fin de compte, l'Empereur donna l'ordre au Troisième Prince de nous renvoyer.

— Où sont les autres femmes de votre troupe ?

— Elles sont retournées dans notre pays. Moi, je suis restée parce que j'aime l'Empire Fleuri. Quand j'ai quitté le Palais, le Troisième Prince m'a remis un beau lingot d'or en me disant : « Lorsque tu te marieras, Violette, n'oublie pas de m'avertir. J'offrirai à ton mari un marchepied en argent massif, il en aura besoin pour faire ton ascension ! » Son Altesse aimait la plaisanterie. Mademoiselle Liang secoua la tête avec un sourire réminiscent.

Il n'y avait aucune vantardise dans les paroles de la lutteuse, le juge Ti le savait. Les Ministres d'État ne pouvaient approcher les Princes qu'à genoux, mais certains hauts personnages traitaient en égaux les acrobates et les jongleurs qu'ils patronnaient.

— La culture physique est la seule chose qui m'intéresse, reprit Mademoiselle Liang, aussi ai-je ouvert une salle d'entraînement. Les élèves n'ont à payer que la boisson, l'enseignement est gratuit. Quelques-uns sont vraiment doués.

— J'ai entendu dire que deux d'entre eux sont remarquables. Des étudiants nommés Tong et Sia, si j'ai bien compris.

— Vous avez du retard, mon ami ! Tong est mort. Bon débarras, du reste !

— Pourquoi cela ? On m'avait parlé de lui comme d'un boxeur adroit et sympathique.

— Comme boxeur, cela pouvait aller, mais sympathique...

Se retournant, elle cria :

— Rose !

Une petite maigriotte qui pouvait avoir quinze ou seize ans souleva le rideau servant de porte, derrière le comptoir. Elle tenait à la main une assiette qu'elle continua d'essuyer en avançant.

— Laisse ta vaisselle, mets ton nez contre le mur, et montre ton dos au monsieur, commanda Mademoiselle Liang.

La fillette se tourna aussitôt, défit le haut de sa robe et glissa ses bras hors des manches. Des cicatrices blanchâtres zébraient son dos maigre.

138

Elle allait enlever sa ceinture, quand la lutteuse dit d'un ton bourru :

— Ça suffit. Rhabille-toi et va finir ta vaisselle.

— C'est Tong qui l'a mise en cet état ? demanda le juge.

— Pas exactement. Mais on le voyait souvent ici jusqu'à ces dernières semaines, et la petite sotte s'est amourachée de lui. Un beau soir, il l'a emmenée dans une maison du Quartier Nord. Une assez grande demeure, sembla-t-il à la petite dans l'obscurité. Tong la fit entrer dans une pièce trop sombre pour qu'elle pût voir qui était là, et, avant qu'elle ne se rendît compte de ce qui arrivait, elle fut dépouillée de ses vêtements, attachée toute nue sur un divan, et fouettée sauvagement. Un peu plus tard, Tong revint la détacher et la reconduisit jusqu'à ma porte. Avant de disparaître, il lui remit une pièce d'argent avec le conseil de garder sa bouche cousue. La petite sotte ne m'a raconté la chose qu'il y a deux jours, quand je l'ai vue par hasard se baigner et que j'ai aperçu les cicatrices. Dommage que Tong soit mort, j'avais projeté de lui faire subir le même traitement... avec des enjolivures. En tout cas, la petite coureuse a eu sa leçon !

— A-t-elle été violée aussi ?

— Non, elle est encore vierge. Enfin... pour

l'instant. S'il n'en avait pas été ainsi, j'aurais porté l'affaire devant le Tribunal. Je connais mon devoir. Mais la poulette y a été de son plein gré, et a, de plus, accepté l'argent. Que pouvais-je faire ?

— Tong avait-il l'habitude de procurer des filles aux vieux débauchés ?

— A l'un d'eux, tout au moins. Celui-là même pour qui il dénichait des objets anciens, je suppose. Mais il a dû avoir des ennuis avec cet estimable client. Tong était peut-être trop gourmand. Son ami Sia, ce grand imbécile, a pris sa suite.

— Sia, avez-vous dit ? Pourquoi pensez-vous cela ?

— Sia n'est pas aussi futé que Tong. Hier, il est venu dans la matinée boire quelques tasses de vin, ce qui n'a rien d'inhabituel. Mais ce qui l'est, c'est qu'il a payé tout ce qu'il avait bu ! « Tu t'es cogné contre l'Arbre-à-Argent ? » ai-je demandé. « Pas encore », m'a-t-il répondu, « mais ce soir je palperai la forte somme. J'ai promis à quelqu'un d'amener une poulette dans son poulailler. » « Prends garde qu'en fin de compte ce ne soit toi qui te retrouves en cage », l'ai-je averti. « Vous faites pas de bile », a-t-il répliqué avec son sourire idiot, « ça se passera dans un endroit écarté où personne n'entendra ses piaillements ! Et Tong m'a prévenu que le

140

type paie toujours à la réception de la marchandise. » En entendant cela, je lui ai posé la main sur l'épaule — tout amicalement — et je lui ai dit : « Fiche-moi le camp, Sia, et que je ne revoie jamais ici ta vilaine balafre ! » Il a volé à travers le hall et est allé atterrir contre le chambranle de la porte, là-bas. Quand il est revenu à lui, il s'est relevé en me criant des choses qu'une dame ne doit pas entendre. Alors, je l'ai cloué par sa manche au poteau de la porte... comme ceci.

Un long couteau apparut dans la main de l'ex-lutteuse. Il traversa la pièce comme un éclair et s'enfonça dans le poteau de la porte avec un bruit mat. Un silence religieux s'était établi dans le grand hall. Les deux escrimeurs s'approchèrent de l'entrée et durent faire effort pour retirer du bois la lame qui vibrait encore. Ils vinrent remettre ensemble le couteau à Mademoiselle Liang en s'inclinant respectueusement devant elle. Avec un sourire épanoui, elle minauda :

— Quand je suis énervée, c'est plus fort que moi, je jette tout ce qui se trouve dans mes mains !

— Faites attention. Cela pourrait vous attirer des ennuis un de ces jours, l'avertit le pseudo-professeur de boxe.

— A moi ? Je ne crains personne, pas même les autorités ! Lorsque j'ai quitté le Palais, Son

Altesse le Troisième Prince m'a remis un papier portant un sceau large comme votre figure. Il est spécifié dessus que j'appartiens toujours à la Maison Impériale et ne puis être jugée que par le Tribunal du Palais. Mais revenons à Tong et à Sia. Vous m'avez interrogée sur eux, à présent, vous êtes renseigné. Que puis-je faire d'autre pour vous, Seigneur Magistrat ?

Voyant la surprise du juge, elle demanda d'un ton moqueur :

— Vous imaginiez-vous que votre supercherie pourrait tromper une personne qui a fréquenté les hauts fonctionnaires pendant des années ? Lorsque je rencontre l'un de ces messieurs, je sais tout de suite à qui j'ai affaire ! Croyez-vous qu'autrement j'aurais bavardé devant vous comme je l'ai fait ? Non, Seigneur Magistrat, et notez bien mes paroles : Tong ne valait absolument rien, et Sia ne vaut pas grand-chose.

— Vous pouvez parler de Sia au passé aussi, Mademoiselle Liang. Il a été tué ce matin, probablement par le scélérat qui l'employait. Connaissez-vous son nom ?

— Je l'ai demandé à Rose, mais la poulette n'en a pas la moindre idée. Comme je vous l'ai dit, on l'avait attachée le visage contre la couche, et l'homme n'a pas prononcé une seule parole. Il se contentait de rire, l'immonde per-

142

sonnage. Si j'avais connu son identité, vos sbires n'auraient eu qu'à ramasser ce qui serait resté de lui après ma visite. Je n'aime pas les gens de sa sorte.

— Eh bien, Mademoiselle Liang, je vous remercie des renseignements utiles que vous avez bien voulu me fournir. Ah, j'oubliais... Cheng Pa m'a demandé de vous dire un mot en sa faveur.

Le visage de l'ex-lutteuse s'éclaira.

— Vraiment ? demanda-t-elle en baissant modestement les yeux. Puis elle fronça les sourcils et ajouta d'un ton plus sévère :

— A-t-il l'intention de m'envoyer un marieur chargé d'une proposition officielle ?

— A dire vrai, il m'a simplement demandé...

— De me glisser un mot en sa faveur ? Quel entêté ! Vous ne pouvez imaginer le nombre de personnes qu'il m'a envoyé, ces derniers temps, avec mission de me glisser un mot en sa faveur ! Eh bien, vous pouvez lui répéter que je n'ai dit ni oui ni non. Il n'a qu'à tenter sa chance ! Cheng Pa est bel homme, je l'admets volontiers, mais j'ai des principes, Seigneur Magistrat.

— L'ennui, c'est qu'il semble en avoir aussi. En tout cas, je peux vous dire qu'il a des revenus réguliers, et que le Tribunal apprécie les services qu'il lui rend... à sa façon.

Estimant que la promesse du Sergent Hong

était suffisamment tenue, le juge Ti posa son bol et dit :

— Merci beaucoup, Mademoiselle Liang. A présent, il faut que je parte.

La monumentale protégée du Troisième Prince le reconduisit jusqu'à la porte. En passant près d'un garçon trapu assis sur le banc, elle laissa tomber :

— Préparez-vous, Monsieur Ko, nous allons revoir ensemble les prises d'étranglement.

L'homme pâlit sous son hâle, mais se leva docilement.

Dehors, la rue était une véritable fournaise. Le juge se mit en selle, salua de la tête Mademoiselle Liang debout dans l'embrasure de la porte, et s'éloigna.

XII

Le juge Ti a une longue conversation
avec un antiquaire ;
Monsieur Yang lui fait
une intéressante suggestion.

Le magistrat fit prendre la direction ouest à sa monture. Les renseignements obtenus chez l'ex-lutteuse introduisaient un nouvel élément dans les trois affaires en cours, et il avait décidé de faire encore une visite avant de rejoindre le Tribunal.

Arrivé à la hauteur du Temple de Confucius, il s'arrêta devant un bâtiment d'un étage fraîche-ment recrépi. Les fenêtres du rez-de-chaussée étaient pourvues de barreaux, et de longues pointes en fer placées sous les ouvertures du premier étage empêchaient les voleurs d'y grim-per. Une discrète enseigne, au-dessus de l'en-trée, indiquait le nom du magasin : « Aux Trésors de l'Antiquité. » Le juge descendit de cheval. Il attacha les rênes à un pilier de pierre placé sous un auvent qui abriterait l'animal des rayons solaires.

Un jeune commis vint à sa rencontre et dit avec un grand sourire :

— Monsieur Yang vient de rentrer à l'instant, Seigneur Juge. Il était allé voir une pierre portant une vieille inscription que des paysans ont juste déterrée. Il est à présent dans son bureau du premier étage.

Le commis fit passer le magistrat le long de placards remplis d'objets anciens de toutes dimensions et le conduisit à l'escalier qui se trouvait au fond du magasin.

Deux récipients de cuivre pleins de blocs de glace faisaient régner une agréable fraîcheur dans la vaste pièce du haut. Une lumière diffuse filtrait à travers le papier des deux grandes fenêtres. Des rouleaux de peintures aux couleurs éteintes étaient accrochés entre elles, et sur un rayon du mur latéral s'empilaient de vieux bouquins.

L'antiquaire était assis devant une table d'ébène polie. Renversé dans son fauteuil, il examinait un vase effilé en porcelaine rougeâtre qu'il tenait entre ses gros doigts. Quand le commis lui annonça la visite du juge, il posa précautionneusement le vase sur la table et se leva pour faire une profonde révérence au magistrat. Ayant approché un second fauteuil, il dit de sa voix claironnante :

— Votre Excellence vient sans doute voir la

146

belle peinture dont je lui ai parlé hier soir. Vous la trouverez digne d'intérêt, j'en suis sûr ! Mais permettez-moi d'abord de vous offrir une tasse de thé, Seigneur Juge.

Le magistrat s'assit et accepta l'éventail de soie que lui tendait le commis.

— Je vous suis reconnaissant pour la tasse de thé, dit-il en s'éventant, mais la peinture attendra quelque temps encore. Je suis venu vous demander un renseignement confidentiel.

L'antiquaire fit signe à son commis de les laisser seuls. Il servit lui-même le thé, puis, se renversant dans son fauteuil, il fixa sur le juge son regard attentif.

— Je n'ai pas moins de trois meurtres sur les bras, Monsieur Yang, commença le visiteur. Vous connaissez déjà ceux de Tong Mai et de Madame Ambre, et ce matin vous avez dû entendre dire qu'on a trouvé Sia Kouang assassiné aussi.

— Sia Kouang ? Non, je l'ignorais, j'arrive à l'instant. Mais je me souviens de ce nom ! Quelqu'un m'a dit, un jour, qu'un trafiquant d'objets anciens nommé Sia Kouang fréquentait toutes sortes de gens sans aveu et me conseilla de ne pas avoir affaire à lui. L'une de ses louches connaissances lui a donc flanqué un coup de poignard ?

— Il y a certainement un rapport entre son

assassinat et les deux autres crimes, mais je n'arrive pas à le découvrir. J'aimerais en savoir plus long sur les personnes qui étaient en relation avec les victimes, cela me permettrait peut-être de comprendre le pourquoi de ces atroces actions.

Le juge avala un peu de thé, puis son visage se détendit et il continua en souriant :

— J'ai une haute opinion, non seulement de votre science archéologique, mais aussi de votre connaissance de l'âme humaine, Monsieur Yang. C'est pourquoi je suis venu vous voir.

L'antiquaire s'inclina profondément.

— Je suis très honoré, Votre Excellence ! Mais à part mes clients, je n'ai guère de contact avec les citoyens de cette ville et les potins locaux n'arrivent pas jusqu'à moi. Ma femme est morte il y a six ans, et mes deux fils se sont établis dans le sud. Depuis, mon commerce et les études archéologiques suffisent à emplir ma vie. Je mène une existence de moine, Seigneur Juge ! Mes besoins sont simples et je m'occupe moi-même des travaux ménagers. Je ne pourrais pas supporter autour de moi des servantes maladroites qui briseraient mes plus beaux vases ! La nuit, personne ne me dérange, car mes commis ne sont là que dans la journée. C'est le genre de vie qui m'a toujours plu,

Seigneur Juge, mais cela m'empêche d'être au courant de ce qui se passe en ville.

— Les personnes qui m'intéressent font partie de votre clientèle. Monsieur Yang. Que pouvez-vous me dire sur le Dr. Pien, par exemple ?

L'antiquaire vida sa tasse et, se croisant les bras, répondit :

— Le Dr. Pien collectionne les jades. Cela se comprend : le vieux jade passe pour posséder des vertus médicinales, et c'est pourquoi beaucoup de médecins et d'apothicaires s'y intéressent. La collection du Dr. Pien est modeste, mais bien choisie. Il utilise pour ses études les objets qui la composent ; ce n'est pas leur valeur commerciale qui importe dans son cas. A ce point de vue, il est tout l'opposé du marchand de produits pharmaceutiques, Monsieur Kouang Min. Celui-ci achète souvent de belles pièces, mais il les considère comme un placement et les revend à la première occasion. Monsieur Kou Yuan-liang lui fait parfois des achats. Moi, jamais... ses prix sont trop élevés !

— J'ai rencontré Monsieur Kouang Min. J'avais idée qu'il habitait la capitale ?

— En effet. Mais il voyage beaucoup et visite Pou-yang au moins toutes les deux Lunes. Ceci est tout à fait confidentiel, Seigneur Juge !

— Pourquoi donc ?

149

— Parce que Monsieur Kouang fournit aussi en produits pharmaceutiques des concurrents locaux du Dr. Pien. Il m'a demandé de tenir secrètes ses visites ici pour une autre raison encore. Il y a quelques années, il s'est rendu acquéreur à un prix très bas d'une pièce de terre voisine du Bois-aux-Mandragores. La transaction s'effectua par l'intermédiaire du Dr. Pien, auquel il fit croire qu'il s'agissait d'un simple placement. En fait, Monsieur Kouang Min a envoyé des hommes à lui chercher des racines de mandragore aux confins du bois. Si le Dr. Pien apprenait cela, il réclamerait une commission à Monsieur Kouang. Comme je vous l'ai déjà dit, Monsieur Kouang est avant tout un homme d'affaires !

— En effet, murmura le juge. Il pensait que Kouang Min, sans lui mentir vraiment, avait réussi à donner une idée complètement fausse de son genre d'occupation. Puisque ce personnage à la suave courtoisie trafiquait d'objets anciens, il avait fort bien pu employer Tong ou Sia... et les charger peut-être de missions autres qu'archéologiques ! Tout haut, il demanda :

— Savez-vous où Monsieur Kouang descend lorsqu'il séjourne à Pou-yang ?

— Lorsqu'il ne couche pas sur sa jonque, il loue une chambre à l'hôtel des Huit Immortels, Seigneur Juge.

Avec un sourire désapprobateur, Monsieur Yang ajouta :

— C'est une petite auberge bon marché.

— Je connais. Monsieur Kouang Min est vraiment économe.

— L'argent est tout pour lui, Seigneur Juge. Au fond, il se moque bien des objets d'art ; dans son esprit, ce sont de simples articles dont on peut tirer bénéfice. Monsieur Kou Yuan-liang, voilà un vrai collectionneur ! Le prix lui importe peu pourvu qu'il obtienne ce qu'il y a de plus beau. Il a les moyens, l'heureux homme !

Monsieur Yang se caressa pensivement le menton, et, l'air un peu embarrassé, poursuivit :

— Moi, je tiens de l'un et de l'autre. Je suis un commerçant, bien sûr, mais il m'arrive de tomber amoureux d'une belle pièce que je garde alors pour moi. Je ne m'en séparerais à aucun prix ! Et à mesure que je vieillis, cette faiblesse prend des proportions plus grandes. Jadis, j'éprouvais beaucoup de plaisir à regarder les magnifiques objets qui composent la collection de Monsieur Kou. J'allais les contempler au moins une fois par semaine ! Mais depuis quatre ou cinq ans, je ne vais chez lui que lorsqu'il m'invite, et je ne m'aventure pas plus loin que la salle de réception pour ne pas avoir ses trésors sous les yeux. C'est de la jalousie pure et simple, je le reconnais !

Il secoua la tête en esquissant un sourire, puis demanda :

— A propos, Seigneur Juge, avez-vous découvert un indice qui pourrait vous conduire à l'assassin de Tong Mai, le timbalier du Bateau-Dragon appartenant au Dr. Pien ?

— Pas encore. Comme je vous l'ai dit tout à l'heure, cette affaire me déconcerte complètement. Pour en revenir à Monsieur Kou, je ne suis pas surpris d'apprendre que sa collection a été choisie avec goût. Cet homme a l'œil d'un véritable connaisseur. Le choix de ses femmes le prouve. Bien que sa Première Épouse soit malade depuis longtemps, elle est encore très belle ; je l'ai aperçue par hasard hier soir. Quant à sa Seconde Épouse, Madame Ambre, c'était une remarquable beauté.

L'air mal à l'aise, Monsieur Yang changea de position sur son siège. Après un court silence, il dit, comme se parlant à lui-même :

— Le flair de Kou est infaillible. Je vois encore Madame Ambre au temps où elle était esclave chez le vieux Monsieur Tong. Une fillette gauche et sans grâce. Mais lorsque Kou l'eut achetée, il lui apprit quels vêtements porter, comment se farder, se coiffer, quel parfum choisir, et il lui offrit les boucles d'oreilles, les colliers, les bijoux qui allaient avec son type. Un an plus tard, la fillette sans grâce était devenue

152

une beauté parfaite. Mais le Ciel a décidé qu'il ne méritait pas de trouver le bonheur avec ces deux femmes exquises. L'esprit de Lotus d'Or est à jamais dérangé et Madame Ambre est morte.

Il tirailla sa courte barbe, le regard perdu.

Le juge Ti remarqua :

— Les Anciens avaient raison de dire : « Celui qui cherche à posséder la beauté parfaite excite la colère des Dieux. »

Sans paraître entendre, Monsieur Yang regarda fixement le juge et s'écria :

— Non, Kou ne les méritait pas, Excellence ! Puisque notre conversation est confidentielle, je puis vous dire qu'il y a un grain d'extravagance dans sa nature. En voici un exemple : il me montrait un jour un de ses plus beaux échantillons de verrerie étrangère, une coupe persane d'une valeur inestimable. En la faisant tourner entre mes doigts pour l'admirer, je découvris une légère décoloration près du fond de la pièce et la lui fis remarquer en disant : C'est la minuscule imperfection qui achève de donner son caractère à la beauté ! Kou me prit la coupe des mains et, ayant vu le défaut que je lui signalais, la jeta brutalement à terre où elle se brisa. J'appelle cela un crime, Votre Excellence !

— Monsieur Kouang Min n'aurait pas agi de

la sorte, constata le juge. Ni le Dr. Pien, probablement. A propos de celui-ci, on m'a rapporté que malgré sa mine solennelle il lui arrive de courir la prétentaine. De façon discrète, bien entendu.

— Non, Seigneur Juge, je n'ai jamais entendu dire qu'il fréquentât « le quartier des fleurs et des saules ». Si cela était, personne pourtant ne l'en blâmerait car sa femme est une vraie chipie. Bien qu'elle ne lui ait pas donné de fils, elle n'a jamais permis qu'il prît une Seconde Épouse ou une concubine.

L'antiquaire hocha la tête, puis ajouta :

— Le docteur a une nature droite et sincère, Votre Excellence. Il supporte ses ennuis domestiques sans se plaindre.

— Et ses ennuis pécuniaires ?

Monsieur Yang jeta un rapide coup d'œil au juge.

— J'espère bien qu'il n'en a pas, car il me doit pas mal d'argent. Non, Seigneur Juge, c'est sûrement faux. Il conduit ses affaires de façon fort sensée ; il a une bonne clientèle et tous les notables de Pou-yang viennent le consulter. C'est lui qui s'occupe de la Première Épouse de Monsieur Kou.

Le juge fit signe qu'il était au courant de ce fait. Il vida sa tasse, puis reposa doucement sur la table le précieux échantillon de porcelaine coquille d'œuf. Pendant un long moment il caressa en silence sa longue barbe noire, puis finit par dire :

— Puisque nous sommes en train de bavarder, je voudrais vous demander votre opinion sur un sujet très différent. L'histoire de la Perle de l'Empereur volée il y a environ cent ans vous est naturellement connue. Avez-vous formé quelque théorie à propos de cette vieille énigme ?

— Les recherches furent si complètes, Seigneur Juge, que je suis convaincu d'une chose : c'est l'Impératrice elle-même qui cacha la perle sur sa personne. Elle voulait avoir un prétexte pour faire mourir sous la torture plusieurs dames de la Cour qui auraient pu devenir des rivales dans le cœur de son époux ! Ce but atteint, elle jeta la perle au fond de quelque puits. Nombreuses sont les tragédies qui se jouent derrière les portes dorées du Harem Impérial, Seigneur Juge ! D'ailleurs, pourquoi aurait-on volé une chose invendable ?

— Supposons tout de même la perle volée, Monsieur Yang. N'y aurait-il eu absolument aucun moyen d'en tirer de l'argent ?

— Pas sur le territoire du Céleste Empire. Mais si le voleur était en étroites relations avec l'un des marchands arabes ou persans qui résident à Canton, il aurait pu la leur vendre — à une fraction de sa valeur, bien entendu — et l'acheteur se serait chargé de la placer dans une contrée lointaine. Cela aurait été le seul moyen d'en disposer sans courir de trop gros risques.

— Je vois. A présent, il faut que j'aille préparer l'audience de midi. A propos, avez-vous jamais visité le temple en ruine du Bois-aux-Mandragores ?

Le visage de Yang se rembrunit.

— Malheureusement non, Votre Excellence. Aucune bonne route ne traverse l'épaisse forêt, et les gens de là-bas n'aimeraient pas voir quelqu'un s'y aventurer. J'en possède cependant une bonne description.

Il alla chercher un volume sur le rayon de livres et le tendit au juge en disant :

— L'un des prédécesseurs de Votre Excellence a fait imprimer cet ouvrage qui n'a pas été mis dans le commerce.

Le juge Ti tourna les pages du livre et le rendit à l'antiquaire.

— Nous en avons un exemplaire au greffe, dit-il. C'est un ouvrage fort intéressant. La statue de marbre de la Déesse y est décrite de façon précise.

— Que ne donnerais-je pour avoir vu cette statue au moins une fois dans ma vie, s'écria mélancoliquement l'antiquaire. On dit dans l'ouvrage qu'elle remonte à la dynastie Han et

156

qu'elle fut sculptée avec son piédestal dans un seul bloc de marbre. L'autel carré qui est devant est aussi en marbre. C'est sur sa table qu'on sacrifiait les jeunes hommes en l'honneur de la Déesse. Quelle importante relique du passé, Seigneur Juge ! Votre Excellence ne pourrait-elle demander au Ministère des Rites qu'on nettoyât la forêt et qu'on restaurât le temple ? Si le Ministre donnait comme prétexte que des présages l'ont averti de la colère où l'abandon du temple a mis la Déesse, la population ne s'y opposerait certainement pas. Ce monument pourrait devenir l'un des sites historiques les plus fréquentés de notre région !

— Voilà une excellente idée. J'y penserai, Monsieur Yang. Je n'aime pas qu'il y ait dans mon district des endroits inaccessibles au public et enveloppés de mystère. Le Ciel seul sait ce qui peut s'y passer !

Se levant, il ajouta :

— Je vous suis très reconnaissant de votre suggestion, Monsieur Yang.

Tout en accompagnant le juge jusqu'au bas de l'escalier, l'antiquaire dit :

— Je vais me rendre aussi au Tribunal, Votre Excellence. Plusieurs parents ou amis des victimes appartiennent à ma clientèle, et j'estime de mon devoir d'assister à l'audience.

XIII

*Mademoiselle Liang apporte au tribunal
un témoignage de poids ;
trois truands confessent leur crime.*

Le juge Ti traversa la grande cour du tribunal pour gagner ses appartements, dans le fond du Yamen. Il avait chaud et se sentait las. Après un bain rapide, il enfila une robe d'été en cotonnade blanche et posa sur sa tête un léger bonnet de gaze. Ainsi vêtu, il se dirigea vers son bureau où l'attendait le Sergent Hong.

Avant de s'asseoir, il décrocha du mur un éventail en plumes de grue. Le court trajet depuis ses appartements avait suffi à le mettre de nouveau en sueur. Agitant vigoureusement les longues plumes devant son visage, il demanda au Sergent :

(1) Le Yamen comprend les appartements privés du magistrat, le tribunal, la prison et divers bâtiments administratifs groupés dans une même enceinte.

— Eh bien, Hong, quelles nouvelles apportes-tu ?

— La chance m'a favorisé, Noble Juge, répondit le fidèle assistant. J'ai rencontré une jeune servante de la maison Kou chez un fruitier voisin. Elle était bavarde, et je n'ai pas eu de mal à découvrir que son maître était bien sorti à cheval, ce matin de bonne heure.

— Cela lui arrive-t-il fréquemment ?

— Jamais, Noble Juge ! D'après cette petite, tous les serviteurs sont d'accord là-dessus : Monsieur Kou a fait cette promenade pour se changer les idées après la mort de Madame Ambre. Malgré leur différence d'âge, il paraît que son maître et Madame Ambre s'aimaient beaucoup, et cette dernière aidait souvent Monsieur Kou à soigner sa Première Épouse. C'était une heureuse maisonnée où tout le monde s'entendait bien.

Hong attendit un commentaire du juge, mais celui-ci demeura silencieux. Soudain, il désigna deux petits morceaux de bambou de forme oblongue posés sur son bureau, parmi les papiers.

— Quand ces contremarques sont-elles arrivées ? demanda-t-il.

— Le Caporal de la Porte Sud vient de les apporter il y a quelques minutes, Votre Excellence.

160

Le juge les examina d'un air intéressé. Elles étaient sensiblement de même grandeur, et chacune portait le numéro 207 griffonné à l'encre. Mais, tandis que les chiffres de l'une étaient maladroitement tracés, ceux de l'autre trahissaient la main sûre d'un homme habitué à se servir du pinceau. De plus, une étroite rainure presque invisible divisait cette dernière en deux carrés égaux. Le juge Ti humecta son index pour en effacer le numéro, puis, glissant la petite pièce de bambou dans sa manche, il dit avec un sourire satisfait :

— Je conserve cette contremarque, l'autre peut être renvoyée à la Porte Sud. Et maintenant, que je te raconte ma visite à Mademoiselle Liang Violette.

— Comment est-elle, Votre Excellence ? Distinguée et délicate ?

— Délicate n'est pas le mot qui vient immédiatement à l'esprit quand on pense à elle, répondit le magistrat en souriant. C'est une lutteuse mongole d'imposantes proportions.

Il résuma au Sergent son entretien avec elle et conclut :

— Nous savons donc à présent qu'il existe un dangereux maniaque dans cette ville, et qu'il a chargé Tong d'abord, Sia ensuite, de lui procurer des femmes pour satisfaire ses goûts dépravés. Bien entendu, c'est lui l'auteur des trois assassinats.

— Alors, nous pouvons rayer Monsieur Kou Yuan-liang de la liste des suspects, Noble Juge. On pouvait, à la rigueur, l'imaginer tuant par jalousie sa Seconde Épouse et l'amant de celle-ci, mais il n'est certainement pas homme à maltraiter les femmes par plaisir !

— Je n'en suis pas si sûr, Hong. Pour le monde, et même pour ses propres serviteurs, Kou est un amateur d'art raffiné et un mari affectueux, mais cela ne veut pas dire qu'il n'y ait pas un côté pervers dans sa nature. De tels individus dissimulent à la perfection leur difformité morale, et c'est pourquoi les affaires dans lesquelles un maniaque sexuel joue le principal rôle sont souvent difficiles à débrouiller. Les seules personnes qui connaissent la vraie nature de Kou sont ses deux épouses. Examinée sous ce nouvel angle, l'histoire de Lotus d'Or qui devint amnésique en allant visiter une amie ne paraît pas très convaincante. Ne fuyait-elle pas plutôt les sévices infligés par son mari ? Et ne seraient-ce pas ces tourments répétés qui auraient fini par lui déranger l'esprit ? Je te rappelle aussi les cicatrices observées sur le corps de Madame Ambre ; leur présence confirme nos soupçons. Dans ce cas, nous devons considérer les relations adultères de la malheureuse avec Tong d'un œil plus indulgent, et lui accorder des circonstances atténuantes.

Le juge Ti s'éventa doucement, puis reprit :

— En sortant de chez Mademoiselle Liang, je suis allé faire une visite à Monsieur Yang. Je voulais l'interroger sur ses clients, puisque ma conversation avec l'ex-lutteuse m'a fait découvrir l'intérêt du criminel pour les objets anciens. Yang m'a brossé un intéressant portrait moral de Monsieur Kou.

Le juge raconta au Sergent Hong l'incident de la coupe persane et poursuivit :

— Kou a détruit un objet de valeur parce qu'il lui a trouvé un petit défaut. Il est facile d'imaginer sa réaction lorsqu'il s'aperçut qu'un autre de ses trésors, Madame Ambre, avait le plus grave défaut qu'on puisse rencontrer chez une épouse : l'infidélité.

Le visage du juge se rembrunit.

— Non ! s'écria-t-il. Quelque chose ici ne va pas ! Si Kou est le maniaque que nous avons dit, il n'a pas fait tuer Madame Ambre par un homme à gages, se privant ainsi du plaisir sadique de lui donner lui-même la mort. Il secoua la tête avec impatience.

— Il y a un autre point contre lui, Votre Excellence, dit le Sergent. Nous savons qu'il employait Tong et Sia pour la recherche d'objets anciens.

— J'ai appris de l'antiquaire que le Dr. Pien et Monsieur Kouang Min sont aussi des collectionneurs.

Le gong placé près du portail résonna soudain ; sa voix de bronze traversa le tribunal et retentit jusque dans le cabinet du magistrat pour annoncer l'audience de midi.

Le juge Ti étouffa un soupir. Il se leva, et, aidé de Hong, revêtit sa robe officielle de lourd brocart vert. Le Sergent lui tendit le bonnet de velours noir à grandes ailes. Tout en l'ajustant sur sa tête devant un miroir, le juge dit :

— Je m'arrangerai pour que la séance soit courte. Dès qu'elle sera terminée, rends-toi chez Cheng Pa et vois ce qu'il a découvert au sujet des paris. Tu pourras lui dire que j'ai parlé en sa faveur à Mademoiselle Liang. Après cela, tu iras interroger le gérant de l'Hôtel des Huit Immortels sur Monsieur Kouang Min. Demande s'il descend fréquemment chez lui, combien de temps il y séjourne, et quels visiteurs il reçoit. Tâche de savoir s'il utilise les services de prostituées ou de courtisanes. Si oui, l'une de ces femmes s'est-elle jamais plainte de mauvais traitements ? Je désire en apprendre le plus possible sur cet homme d'affaires trop poli.

Le Sergent regarda le juge, étonné, mais le temps manquait pour poser des questions. Il tira le rideau qui séparait le cabinet du tribunal pour permettre à son maître de passer dans la salle d'audience. Lorsque le magistrat parut sur l'estrade et s'assit derrière la haute table couverte d'un tapis rouge, le murmure de voix cessa dans le grand hall plein à craquer. Le Sergent, debout comme de coutume à la droite de son maître, se pencha pour lui murmurer à l'oreille :

— Les citoyens de Pou-yang brûlent d'apprendre les détails de ces trois assassinats, Votre Excellence.

Le juge hocha la tête, puis il promena ses regards sur la salle. Le Chef des sbires et six de ses hommes étaient à leur place habituelle, un peu plus bas que lui. Ils tenaient à la main matraques, fouets, chaînes et autres redoutables instruments de leurs fonctions. De chaque côté du tribunal se trouvait une table plus petite. Derrière chacune d'elles un scribe était assis et chargeait d'encre son pinceau pour enregistrer le détail des débats. Au premier rang des spectateurs, le juge aperçut Monsieur Kou et le Dr. Pien, debout côte à côte. Monsieur Kouang Min se tenait au second rang avec l'antiquaire Yang.

Le juge Ti frappa le tribunal de son martelet et déclara l'audience ouverte. Il raconta d'abord la découverte des meurtres de Madame Ambre et de l'étudiant Sia, sans donner trop de détails. Il ajouta que les deux crimes ayant été commis dans le même endroit, il était convaincu qu'un

lien existait entre eux et qu'une enquête approfondie était en cours.

Lorsqu'il eut terminé, Kouang Min s'avança.
Il fit une révérence et commença :

— L'humble négociant...

— A genoux ! cria le Chef des sbires en levant
son fouet.

Kouang Min lui jeta un regard indigné, mais
s'agenouilla docilement sur les dalles de pierre
et reprit :

— L'humble négociant nommé Kouang Min
a l'honneur d'informer le tribunal qu'il réside
sur sa jonque, temporairement ancrée devant le
débarcadère de la Porte Ouest de cette ville.

— Le fait sera noté, déclara le juge.

Lorsque Kouang Min se fut relevé, il ajouta :

— Vous ne vous êtes pas montré très commu-
nicatif ce matin, Monsieur Kouang.

Le marchand de drogues pharmaceutiques
regarda le juge droit dans les yeux et répliqua :

— Votre Excellence m'avait donné l'ordre
d'être bref.

— On peut être bref et dire cependant l'essentiel. Mais je sais où trouver votre jonque,
vous pouvez vous retirer.

Lorsque Monsieur Kouang Min eut repris
place parmi les spectateurs, le juge annonça que
de nouvelles directives pour la distribution de
cartes d'identité lui étaient parvenues de la

166

capitale. Tout en les expliquant, il nota combien la chaleur devenait étouffante ; la sueur coulait le long de son corps, sous l'épaisse robe de brocart. Au moment où il levait son martelet pour clore l'audience, deux hommes décemment vêtus s'approchèrent du tribunal et tombèrent à genoux. Ayant donné leurs noms, ils déclarèrent être de petits commerçants en litige sur la propriété d'une pièce de terre. Quelques spectateurs sortirent, et le juge remarqua Monsieur Yang parmi eux.

Après avoir écouté patiemment les longues explications des deux parties, il les renvoya, disant que leurs titres seraient vérifiés sur le cadastre. Un vieux prêteur sur gages prit leur suite. Il déposa une plainte contre deux vauriens qui avaient tenté d'obtenir de lui de l'argent sous la menace. D'autres plaignants succédèrent au prêteur sur gages. Les citoyens de Pou-yang avaient visiblement attendu la fin de la période de fête pour venir exposer leurs petits problèmes. Les minutes s'écoulèrent. Beaucoup de spectateurs quittaient à présent la salle, et parmi eux se trouvaient le Dr. Pien, Monsieur Kou et Monsieur Kouang Min. L'heure du riz de midi approchait. Le juge se tourna vers Hong et lui dit à voix basse :

— Le Ciel seul sait quand j'en aurai terminé !

Va remplir ta mission. Je te verrai dans mon cabinet à ton retour.

Au moment où il se levait enfin après le départ du dernier plaignant, un grand bruit se fit entendre à l'entrée de la salle. Dépité, le juge regarda dans cette direction, puis se rassit : une étrange procession se dirigeait vers le tribunal.

Trois hommes marchaient en tête. Ils étaient solides et bien bâtis, mais leurs vêtements en lambeaux révélaient la magistrale correction qu'ils venaient de recevoir. Les épaules couvertes de sang, le premier appuyait les mains sur ses oreilles. Le second soutenait son poignet droit avec sa main gauche en faisant d'horribles grimaces. Quant au troisième, les deux mains pressées sur le ventre, il semblait prêt à s'effondrer à chaque pas et n'avançait que grâce aux vigoureux coups d'ombrelle dont le gratifiait Mademoiselle Liang. Vêtue de son large pantalon et de sa veste à manches courtes, l'ex-lutteuse cheminait majestueusement, sa grosse face cuivrée toujours dépourvue d'expression. Une jeune personne dodue fermait la marche. Elle portait une robe bleue à grandes fleurs rouges d'un goût peut-être un peu criard ; le côté gauche de son visage était tuméfié, l'œil complètement clos.

Arrivée devant le tribunal, Mademoiselle Liang lança un ordre aux trois hommes qui

168

tombèrent aussitôt à genoux. Le Chef des sbires s'approcha d'elle en jurant, mais une solide bourrade le fit reculer.

— Ôte-toi de là, grand escogriffe, gronda-t-elle, je connais le règlement de la Cour.

Puis elle dit à sa compagne :

— Mets-toi à genoux, ma poulette, c'est la règle puisque tu n'appartiens pas comme moi au Palais.

Se tournant vers le juge Ti, elle commença d'une voix égale :

— La toute petite debout devant le tribunal informe respectueusement Votre Excellence que dans son pays elle est appelée Altan Tsetseg Khatoun. Un Décret Impérial m'accorde le nom chinois de Liang, auquel fut ajouté Violette comme nom personnel. Je suis lutteuse de profession. Ces trois individus sont des déserteurs. Ils se sont enfuis d'une jonque de guerre pour devenir voleurs de grands chemins. Voici leurs noms de gauche à droite : Feng, Wang et Liaou. La jeune femme agenouillée près de moi se nomme Li. Nom personnel : Pivoine. Profession : putain... sauf le respect dû à Votre Excellence.

S'adressant au Premier Scribe, elle demanda :

— Vous avez bien tout inscrit, vieil Oncle ?

Surpris, le vieillard inclina la tête sans répondre. Mademoiselle Liang se tourna de nouveau vers le juge et continua :

— La toute petite demande à Votre Excellence la permission de déposer une plainte contre lesdits Feng, Wang et Liaou.

Le juge fixa un instant le visage impassible de la Mongole, puis laissa tomber :

— La Cour accorde cette permission.

— Au moment où la toute petite s'asseyait devant son riz de midi, dans l'arrière-cour de sa demeure, elle entendit appeler à l'aide. Les cris venaient de l'allée qui longe ladite arrière-cour. La toute petite escalada immédiatement le mur et vit ces trois bandits qui entraînaient, contre son gré, la femme Li, placée ici à ma gauche. En m'apercevant, la femme Li renouvela son appel, sur quoi le nommé Feng lui donna en pleine figure un coup de poing qui ferma l'œil de la femme Li. Le nommé Feng sortit alors un couteau, ce qui fit disparaître de la rue tous les passants qui s'y trouvaient. Estimant que c'était donc à moi d'intervenir, je m'approchai du trio et leur demandai poliment de quoi il retournait. Ils refusèrent d'abord de me répondre, mais, ayant un peu insisté, ils me dirent qu'avant-hier un étudiant du nom de Sia leur avait remis une pièce d'argent pour enlever la femme Li de l'établissement où elle travaille. Ils devaient la conduire chez une nommée Meng, dans la troisième maison de la deuxième rue, derrière le Temple Taoïste. Ces malandrins avaient choisi l'heure du déjeuner pour leur expédition car à ce moment-là les rues sont presque vides. Comme précaution supplémentaire, ils avaient noué un morceau d'étoffe autour de la tête de leur victime, mais, en passant derrière chez moi, la femme Li s'en était débarrassé, ce qui me permit d'entendre ses cris. Les trois hommes ayant reconnu qu'ils enlevaient de force une femme, et sachant d'autre part que la Cour s'intéressait à l'étudiant Sia, j'ai aussitôt invité les coquins à m'accompagner au Tribunal. J'ai amené aussi la femme Li, et pour le reste je m'en remets à Votre Excellence.

Mademoiselle Liang fit une profonde révérence au magistrat, puis, les deux pieds bien écartés, elle s'appuya négligemment sur son ombrelle. A la mention du lieu où les truands devaient conduire leur victime, le juge avait fait signe au Chef des sbires. Celui-ci s'approcha aussitôt et reçut, à voix basse, l'ordre de se rendre avec six hommes dans la maison indiquée et d'en mettre tous les habitants en état d'arrestation. Quand l'ex-lutteuse eut terminé sa déposition, le juge déclara :

— La Cour vous félicite de votre initiative, Mademoiselle Liang. Consciente de vos devoirs de bonne citoyenne, vous avez su prendre immédiatement les mesures qu'exigeait la situation. A présent, la Cour serait heureuse de vous entendre revenir en détail sur ce qui s'est passé, afin que le scribe puisse compléter son procès-verbal.

— La toute petite obéit à Votre Excellence. Comme je l'ai dit tout à l'heure, en voyant ces trois hommes entraîner une femme, je voulus savoir de quoi il retournait. Au lieu de me répondre poliment, le second dans le rang devant vous — il se nomme Wang — essaya de me donner un coup de poing. Je saisis son bras au vol, lui disloquai l'épaule, et avec ma hanche l'envoyai rouler à terre. Je n'y mis pas toute ma force, afin que sa chute l'étourdît seulement sans lui briser la colonne vertébrale, et qu'il pût témoigner plus tard si besoin en était. Voyant ce qui arrivait à son camarade, le nommé Feng dirigea son couteau vers moi. Je lui arrachai l'arme et m'en servis pour le clouer par l'oreille au montant de la porte la plus proche. L'entêté se débattit tant et si bien que son oreille se déchira et que je dus recommencer avec l'autre. Comme il se permettait de m'injurier grossièrement au lieu de répondre à mes questions, je lui travaillai un peu les côtes, mais m'arrêtai aussitôt qu'il eut promis de faire une confession complète. C'est tout, Votre Excellence.

Le juge se souleva pour regarder les trois

hommes qui gémissaient sur le sol. Celui de droite essaya de parler mais ne réussit qu'à émettre un son inintelligible.

— Qu'est-il arrivé à ce troisième malandrin ? demanda le juge Ti.

— Lui ? Oh, je l'ai seulement maintenu sous mes pieds pendant que j'interrogeais son camarade. Il se nomme Liaou, et, lorsque je désarmais Feng, il a voulu me porter un vilain coup au ventre. Si Votre Excellence avait vu ça... un simple amateur ! Je n'eus qu'à m'écarter, feinter, et quand sa tête se trouva où je l'attendais, hop, je lui écrasai la gorge avec le tranchant de ma main gauche ! Comme après cela il voulait s'enfuir, je fus obligée de l'envoyer à terre, à côté de Wang, et pour qu'il se tienne tranquille, je lui sautai dessus. Un pied sur la tête, un pied sur l'aîne. Mais que Votre Excellence se rassure, j'ai pris soin de ne pas trop le piétiner pour qu'il n'ait pas de lésion interne.

— L'intention était louable, reconnut le juge avec un demi-sourire. Il caressa un instant ses favoris, puis, se penchant vers Feng, il ordonna :

— Parle ! Quand et où as-tu rencontré l'étudiant Sia ?

L'homme lâcha son oreille mutilée ; le sang jaillit aussitôt.

— A l'estaminet du marché, pleurnicha le malheureux. Avant-hier. Auparavant, je ne l'avais jamais vu. Il nous a donné une pièce d'argent et en a promis d'autres quand l'affaire serait terminée. Nous...

— Sia vous a-t-il dit pour le compte de qui il travaillait ? l'interrompit le magistrat.

Le malandrin le regarda, l'air ahuri.

— Le compte de qui ? Le compte de personne. C'est Sia qui nous payait, non ? Nous voulions enlever la fille le soir même, mais sa maison était pleine de clients et elle travaillait dur. Hier soir, c'était pareil. Ce matin, nous sommes retournés à l'estaminet pour demander à Sia un supplément, vu la difficulté du travail. Mais il n'était pas là, alors on a pris la décision d'essayer sur les midi. Ça a marché, mais dehors il a fallu que nous tombions sur cette...

— Cette dame ! compléta la lutteuse en se penchant vers lui.

— Empêchez-la d'approcher, hurla Feng. Savez-vous ce qu'elle a fait après m'avoir transpercé l'oreille avec son couteau ? Elle m'a...

Il éclata en sanglots, incapable d'en dire davantage.

Le juge Ti frappa la table avec son martelet.

— Réponds à mes questions ! tonna-t-il. Confesses-tu avoir commis le crime dont tu es accusé ?

Les mains sur ses oreilles sanglantes, le truand répondit dans un souffle :

174

— Je le confesse !

Son voisin, Wang, se reconnut également coupable. Le troisième malandrin put seulement incliner la tête en avant et tomba aussitôt sur le nez. Au sbire le plus ancien qui avait pris la place de son chef, le juge ordonna :

— Emmène ces trois criminels à la prison et prie le Contrôleur-des-Décès de s'occuper de leurs blessures. Je les interrogerai de nouveau quand ils seront suffisamment remis.

Pendant que les sbires entraînaient les trois hommes, le juge se tourna vers la petite boulotte et dit :

— A présent, je vous écoute, Mademoiselle Li.

La jeune femme passa le bas de sa manche sur son visage tuméfié et répondit d'une voix douce :

— Nous venions juste de nous asseoir devant le riz de midi, trois autres filles de la maison et moi, quand ces truands sont entrés après avoir étendu le portier par terre d'un coup de poing. Notre patron leur a demandé ce qu'ils voulaient. L'un d'eux l'a frappé à son tour en disant qu'ils avaient besoin de moi pour la journée et me ramèneraient le soir. Ils m'ont alors saisie, enveloppé la tête d'un morceau d'étoffe, et entraînée dehors à grands coups de pied. Dans la rue, j'ai d'abord marché sans faire de résistance, puis, ayant réussi à libérer l'une de mes mains, j'ai arraché le morceau d'étoffe et j'ai appelé au secours. Mademoiselle Liang est venue, et...

— Avait-on déjà tenté de vous enlever ?

— Non, Seigneur Juge, jamais.

— Quel client de votre maison pourrait, selon vous, être responsable de cette attaque ?

La jeune femme le regarda d'un air perplexe. Après un instant de réflexion, elle secoua la tête et répondit :

— Vraiment, je ne sais pas, Seigneur Juge ! Il y a seulement une année que je travaille ici. Je suis la fille du batelier Li qui demeure en amont du fleuve. Mon père s'est endetté, et il lui fallait vendre ou son bateau ou moi. Mes clients habituels sont des boutiquiers du voisinage et leurs commis, tous de braves gens que je connais. Pourquoi auraient-ils voulu me faire enlever puisqu'ils pouvaient facilement m'avoir chaque fois qu'ils venaient chez mon patron ?

— En effet. Vous receviez ces clients dans la maison de joie, mais ne vous arrivait-il pas aussi d'assister ailleurs à des repas ou à de petites fêtes ?

— Oh non, Seigneur Juge ! Je ne sais ni chanter, ni danser, alors on ne me demandait jamais dans ces occasions-là. Mais j'accompagnais parfois notre Numéro Un pour l'aider à changer de robes ou pour faire le service à table.

— A quelles réceptions de ce genre avez-vous pris part au cours des deux ou trois dernières Lunes ?

Mademoiselle Pivoine commença une longue liste, et le juge se rendit compte que cela ne lui servait pas à grand-chose. De nombreux notables s'étaient trouvés présents à ces petites fêtes, y compris Kou Yuan-liang, le Dr. Pien et Yang l'antiquaire. Mademoiselle Pivoine se rappela même que Kouang Min avait assisté à un joyeux repas donné par un apothicaire de la ville. Le juge demanda :

— L'un de ces invités s'est-il montré particulièrement aimable avec vous ?

— Oh non, Seigneur Juge ! Mon rôle était celui d'une simple servante. Les messieurs comme ça ne parlent qu'aux courtisanes des maisons cotées. Mais ils me donnaient des pourboires. Ils sont très généreux, parfois !

— Les noms de Tong Maï et de Sia Kouang vous rappellent-ils quelque chose ?

La jeune femme secoua négativement la tête. Le juge ordonna au Premier Scribe de lire à haute voix la déposition des deux femmes. Mademoiselle Liang et Mademoiselle Li reconnurent que le texte lu correspondait bien à ce qu'elles avaient dit et apposèrent l'empreinte de leur pouce au bas des feuillets.

Le juge Ti leur adressa quelques paroles aimables et frappa la table avec son martelet pour clore l'audience.

Mademoiselle Liang tendit son ombrelle à la petite boulotte.

— Tiens ça au-dessus de ma tête, ma poulette, dit-elle. Les rayons du soleil ne sont pas bons pour mon teint, et, de plus, il ne serait pas séant qu'une personne ayant appartenu au Palais se déplaçât sans suivante.

Elle partit de son pas majestueux, Mademoiselle Pivoine trottinant docilement derrière elle.

XIV

*Le juge apprend la mort
d'une quatrième victime ;
l'un des suspects est attaqué à son tour.*

Le Premier Scribe aida le magistrat à échanger sa robe officielle contre un vêtement plus frais en mince cotonnade grise.

— Dites qu'on me serve le riz de midi dans mon cabinet, commanda le juge Ti. Qu'on apporte aussi des serviettes humides et qu'on m'envoie le Chef des sbires dès qu'il sera là.

Ces ordres donnés, il se mit à marcher de long en large, la tête baissée, en réfléchissant à ce qu'il venait d'apprendre. L'étudiant Sia avait évidemment loué les services des trois truands sur les instructions du sadique inconnu qui l'employait. La patronne de la maison de rendez-vous située derrière le Temple Taoïste le connaissait-elle ? Cela serait trop beau ! Pourtant, il arrivait parfois qu'une affaire difficile se trouvât subitement résolue par un coup de chance semblable. Quelqu'un frappa. Le juge releva vivement la tête, s'attendant à voir entrer le Chef des sbires. C'était seulement un commis du greffe qui apportait le plateau de son repas : un bol de riz, un potage, et une assiette de légumes confits au vinaigre.

Le juge s'installa devant son bureau pour déjeuner, mais, l'esprit occupé par les trois meurtres, il ne prêta guère attention au goût des aliments. Le mobile de l'assassin à présent connu, l'enquête allait prendre une tournure nouvelle. A cause de la perle et des lingots d'or, le juge avait d'abord pensé que ce mobile était l'amour de l'argent. Puis, la jalousie prenant à ses yeux une place plus importante, il en avait conclu que l'histoire de la perle était un leurre destiné à détourner les soupçons. Maintenant, il rejetait aussi la jalousie, du moins comme ressort principal. Le mobile déterminant de l'assassin semblait être un besoin morbide de martyriser les femmes. La cupidité existait bien aussi, comme le prouvait le vol de l'or et l'histoire des paris, et il fallait également tenir compte de la jalousie, mais ces facteurs ne jouaient qu'un rôle secondaire, l'élément fondamental étant cette perversion sexuelle à forme sadique. La découverte n'avait rien de rassurant : pour peu que l'on contrecarrât leurs plans, de tels déséquilibrés se livraient facilement à des actes extrêmes sans souci des conséquences.

Le nombre des suspects se réduisait maintenant à trois. A quatre, si l'assassin était un inconnu ne figurant pas sur sa liste, chose possible après tout. Le juge Ti soupira. Si la cupidité, la jalousie, l'esprit de vengeance, ou n'importe quel autre motif habituel s'était trouvé à l'origine des meurtres, sa ligne de conduite aurait été claire : étudier de façon systématique la vie de ses trois suspects, vérifier leurs antécédents, éplucher leurs situations financières, etc. Mais tout cela demandait du temps, et avec un déséquilibré susceptible d'attaquer n'importe qui n'importe quand, il fallait prendre des mesures immédiates. Bien dit... mais lesquelles ?

Le juge posa ses baguettes à côté du bol vide, si perdu dans ses pensées qu'il ne remarquait même plus la chaleur étouffante.

Le commis reparut avec un grand bassin de cuivre contenant des serviettes imbibées d'une eau froide et parfumée. Le magistrat en passait une sur son visage quand le Chef des sbires entra. Voyant son air morne, le juge demanda anxieusement :

— Qu'est-il arrivé encore ?

— Nous avons trouvé la maison de rendez-vous sans difficulté, Votre Excellence. C'est un ancien pavillon de jardinier qui dépend d'une vieille demeure abandonnée depuis longtemps.

Le bâtiment des maîtres est en ruine, mais le pavillon, situé en retrait, est en bon état. La vieille Meng en était l'unique locataire. Une femme venait chaque matin faire son ménage. Les voisins avaient remarqué les allées et venues nocturnes de personnes des deux sexes et soupçonnaient la vieille d'utiliser son logis à des fins immorales. Mais comme ce pavillon s'élevait à l'intérieur de la propriété, il leur était impossible de voir ou d'entendre quoi que ce fût, si bien que nul ne sait qui l'a assassinée.

— Assassinée! Pourquoi n'as-tu pas commencé par me dire cela, espèce d'imbécile? Comment a-t-elle été tuée?

— On l'a étranglée, Votre Excellence. Quelqu'un a dû lui rendre visite peu de temps avant notre arrivée, car le thé des deux tasses que nous avons trouvées sur la table était encore chaud. La femme Meng gisait sur le sol près de son fauteuil renversé. Un foulard de soie lui serrait le cou; je l'ai enlevé tout de suite, mais la vieille ne donnait plus signe de vie. J'ai fait apporter son cadavre ici. Le Contrôleur-des-Décès est en train de procéder à l'autopsie.

Le magistrat se mordit les lèvres avec dépit. C'était le quatrième assassinat! Se maîtrisant, il réussit à dire sans élever la voix:

— Très bien, mon ami, vous avez agi au mieux. Vous pouvez vous retirer.

En sortant, le Chef des sbires faillit heurter le Sergent Hong. Ce dernier venait aux nouvelles, mis au courant du meurtre par des gardes de faction à la porte du tribunal. Se laissant tomber sur un siège, il demanda :

— Qu'est-ce que cela veut dire, Noble Juge ?

— Cela veut dire que notre adversaire est prompt et ne recule devant rien !

Il raconta en détail les exploits de la lutteuse mongole et poursuivit :

— L'assassin l'a vue conduire les trois truands et la prostituée au Tribunal. Les truands lui étaient inconnus, car il avait laissé à l'étudiant Sia le soin d'organiser l'enlèvement, mais il ne put manquer de reconnaître Mademoiselle Pivoine qu'il avait dû choisir comme future victime lors de quelque joyeux festin. Il en conclut que Mademoiselle Liang avait surpris les ravisseurs et que ceux-ci indiqueraient sûrement au tribunal l'endroit où ils menaient la fille. Il y courut avant nous et tua la vieille proxénète.

Tiraillant sa barbe avec colère, le juge demanda :

— Mais toi, qu'as-tu appris ?

— Pas grand-chose, Votre Excellence. J'ai eu un long entretien avec Cheng Pa. Il a vraiment fait de son mieux, Noble Juge, mais tout ce qu'il a pu découvrir, c'est qu'il existe un lien entre les manœuvres frauduleuses sur les paris et le commerce d'antiquités.

— Encore ce commerce ! Auguste Ciel, tous ceux qu'on trouve mêlés à cette affaire s'occupent d'objets anciens !

— En ce qui concerne Kouang Min, Votre Excellence, l'hôtelier le décrit comme un homme tranquille, ne donnant jamais d'ennuis, et payant ses notes avec régularité. Il a consulté son registre sous mes yeux : Kouang Min a séjourné huit fois chez lui l'année dernière. Il arrive toujours à l'improviste et ne reste pas plus de deux ou trois jours. Son petit déjeuner avalé, il sort et ne rentre que tard le soir. Il ne reçoit jamais de visite.

— Quand est-il descendu dans cet hôtel pour la dernière fois ?

— Il y a environ trois semaines. Il demande parfois au gérant de lui procurer une compagne temporaire. Il précise toujours qu'il ne veut pas d'une courtisane chère, et qu'une simple prostituée lui suffit, pourvu qu'elle soit propre, saine, et que son tarif soit modéré.

Le vieux Sergent fit une petite grimace et poursuivit avec résignation :

— Je me suis rendu dans la maison de joie voisine, celle où l'hôtelier allait chercher les femmes que réclamait Kouang Min. J'ai interrogé les filles qui ont couché avec lui. Pour elles,

184

Kouang Min est un client ordinaire, ni meilleur ni pire que la plupart d'entre eux. Il n'exige jamais rien de spécial, et elles ne se fatiguent pas pour lui plaire car elles le trouvent un peu pingre. C'est tout, Noble Juge.

Il resta un instant silencieux, puis s'enquit avec curiosité :

— Pourquoi Votre Excellence s'intéresse-t-elle à ces détails ? J'aurais pensé que Kouang Min...

Il fut interrompu par un coup frappé à la porte. Le Contrôleur-des-Décès entra aussitôt et, après s'être incliné devant le juge, lui remit un feuillet de papier en disant :

— Comme Votre Excellence le verra par la lecture de ce rapport, la femme Meng avait cinquante ans environ. A part les marques autour du cou, je n'ai pas trouvé de traces de violence sur son corps. J'imagine que son assassin, en prenant le thé avec elle, s'est levé sous un prétexte quelconque et lui a brusquement passé un foulard autour du cou. Ce foulard a été serré avec une telle violence que l'étoffe est entrée profondément dans la chair, pénétrant jusqu'à la trachée.

— Je vous remercie. Faites placer le corps dans un cercueil provisoire et prévenez ses proches. Qu'ils viennent la chercher le plus tôt possible ; avec la température que nous avons, il

185

ne faut pas tarder à la mettre en terre. Monsieur Kou Yuang-liang a-t-il déjà emporté le corps de Madame Ambre ? Oui ? Très bien. Arrangez-vous pour prévenir aussi la famille de l'étudiant Sia. J'ai entendu dire que ses parents habitaient la capitale.

Le juge se passa la main sur le visage et demanda encore :

— Comment vont les prisonniers ?

Le Contrôleur-des-Décès fit la grimace et répondit :

— Celui dont les oreilles sont déchirées a plusieurs côtes brisées et des lésions internes. J'ai remis en place l'épaule démise de l'autre et je lui ai donné un sédatif car il souffre d'une commotion cérébrale. Ces deux-là pourront être interrogés d'ici deux ou trois jours. Quant à celui qui a la gorge endommagée, il faudra des semaines avant qu'il puisse parler de nouveau... si cela lui arrive jamais !

Lorsque le Contrôleur-des-Décès eut pris congé, le magistrat dit à son assistant :

— Il me semble que l'infortuné trio est suffisamment puni ! Mademoiselle Liang est une personne avec qui il est dangereux de badiner. Et dire qu'elle s'appelle Violette ! Auguste Ciel, cette chaleur devient insupportable. Ouvre la fenêtre, Hong.

Le Sergent obéit. Après avoir passé la tête au-dehors, il la rentra aussitôt en déclarant :

— Il fait encore plus chaud dans le jardin, Noble Juge ! Il y a des nuages bas sous un ciel plombé, et pas le plus petit souffle de vent. Nous allons avoir un bon orage avant peu !

Le magistrat prit une serviette humide dans le bassin de cuivre, s'en servit pour éponger son visage en sueur, et la plaça ensuite autour de son cou. Poussant le bassin vers le Sergent, il dit :

— Fais comme moi, Hong. Tout en déjeunant, j'ai réfléchi aux trois assassinats. Le quatrième, celui de la proxénète Meng, ne modifie pas la conclusion à laquelle j'étais arrivé. Je vais essayer de te résumer la situation.

— Avant cela, Noble Juge, j'aimerais apprendre pourquoi Votre Excellence s'intéresse tant aux faits et gestes de Kouang Min ?

— Nous examinerons son cas dans un instant. Procédons par ordre : tous ces meurtres donnent l'impression d'avoir été commis par un détraqué sexuel ou à son instigation. Aucun indice ne révèle directement son identité, et il a pris soin d'éliminer toutes les personnes qui auraient pu témoigner contre lui. Madame Ambre, Tong Mai, l'étudiant Sia, la proxénète... tous sont morts. Pas de témoin, pas de révélation possible ! Ajoute le commerce des objets anciens qui reparaît comme un leitmotiv et l'histoire de la Perle de l'Empereur, le tout baignant dans l'atmosphère sinistre qui entoure la « Dame Blanche » en son Bois-aux-Mandragores. N'y a-t-il pas là tous les éléments nécessaires pour former le plus mystérieux, le plus délectable des problèmes ? Quand je dis délectable, je pense aux savantes discussions qu'il permettrait d'avoir avec d'aimables collègues devant une tasse de thé qu'on savourerait à loisir après un succulent repas. Mais pour l'instant, il ne s'agit pas de cela. Ce qu'il faut, c'est terminer cette affaire au plus vite. Si nous ne nous dépêchons pas, l'assassin va en profiter pour faire disparaître les faibles traces laissées par lui. Peut-être même pour commettre un nouveau crime.

Le juge but avidement le thé que venait de lui servir Hong. Il remplaça par une serviette fraîche celle qu'il avait autour du cou et reprit :

— Qui est le coupable ? Trois personnes sont en tête de ma liste. Toutes trois ont eu la possibilité d'agir, et pour chacune d'elle existe un mobile suffisamment fort. Kou Yuang-lieng est toujours le numéro un. Je t'ai expliqué pourquoi. Essayons de reconstituer les faits en admettant que ce soit notre homme. Il charge Tong Mai de lui procurer des objets anciens... et aussi des femmes sur lesquelles il pourra satisfaire ses instincts dépravés. Tong amène les malheureuses chez la vieille Meng à la nuit. Kou s'y rend aussi, masqué ou s'arrangeant pour ne pas être reconnu. Il paie généreusement ses victimes, réduisant ainsi au minimum le risque d'être dénoncé par elles. Le seul point faible de sa méthode, c'est l'emploi d'un assistant. Celui-ci, Tong Mai, est débrouillard mais avide. Il se fait payer de plus en plus cher, probablement avec des menaces de chantage. Par-dessus le marché, Kou apprend que le jeune homme a une liaison avec sa Seconde Épouse et est le père de l'enfant à naître. Il décide de tuer les amants, mais il ne manque pas de patience et attend une occasion favorable. Il annonce toutefois à Tong qu'il se prive de ses services (sans doute en lui donnant une large indemnité) et le remplace par l'étudiant Sia. Selon Mademoiselle Liang, ce dernier, pas aussi entreprenant que son camarade, était moins susceptible de causer des ennuis à son employeur. Kou comprend que le temps de la vengeance est arrivé lorsque Madame Ambre lui raconte l'histoire de la Perle de l'Empereur. Kou est très ferré sur les choses anciennes, il se rend compte qu'il s'agit d'une mystification imaginée par Ambre et Tong pour se procurer l'argent nécessaire à leur fuite. C'est pour lui l'occasion attendue. Il fait venir Sia et lui dit de ne pas enlever Mademoiselle Pivoine comme convenu. Flageller cette fille offrirait un plaisir trop banal à côté des voluptés plus fortes qui l'attendent. Sia promet de décommander les trois truands. Nous savons qu'il n'a pu le faire — heureusement pour nous. Kou lui remet un plan de la propriété abandonnée et l'informe qu'après la course de bateaux Tong et Ambre doivent se rencontrer dans le petit pavillon. Il lui donne l'ordre d'y aller à la place de son camarade, de tuer Ambre, et de lui rapporter les lingots d'or que sa femme aura sur elle. Le tout moyennant une honnête récompense. Cette promesse ne lui coûte pas grand-chose, puisqu'il compte éliminer Sia par la suite.

Le juge prit un éventail et, se renversant sur son siège, continua en l'agitant doucement devant son visage :

— Nous arrivons à la soirée d'hier. Kou verse du poison dans le vin de Tong Mai lorsqu'il offre à boire aux équipages des Bateaux-Dragons avec le Dr. Pien. Son but est triple. Primo, il se venge de l'homme qui veut lui ravir sa femme. Secundo, il se débarrasse d'un complice devenu gênant. Tertio, il ramasse une jolie somme en faisant perdre la course au favori. Sia se rend au pavillon, tue Ambre et rapporte les dix lingots d'or à Kou. Celui-ci lui explique alors qu'ils représentent le prix de la Perle de l'Empereur, mais qu'il n'avait pas parlé du joyau afin que Sia ne perdît pas de temps à le chercher après

190

l'assassinat. Sage précaution, puisque un officier du Tribunal avait suivi Ambre on ne savait pourquoi et failli mettre la main sur lui. Kou conclut sa petite histoire en invitant Sia à visiter le pavillon avec lui le lendemain. Ce matin, dès l'ouverture des portes de la ville, Kou et Sia vont séparément à la propriété abandonnée. Kou sous le prétexte qu'une chevauchée matinale lui changerait les idées après le décès de sa Seconde Épouse, Sia se faisant passer pour un charpentier qui se rend à son travail. Kou le laisse fouiller le pavillon parce qu'il lui sera plus facile de le tuer pendant qu'il ne sera pas sur ses gardes, et aussi parce que les dégâts causés par les recherches donneront couleur de vérité à l'histoire que Kou a l'intention de me faire avaler. Profitant d'un instant où Sia lui tourne le dos, il lui défonce le crâne avec une brique. Il jette ensuite son corps dans le fossé, puis rentre tranquillement chez lui. Un peu plus tard, en sortant du tribunal, il aperçoit Mademoiselle Liang et sa petite procession. Il ne connaît pas la lutteuse mongole ni les trois truands, mais en voyant Mademoiselle Pivoine, il comprend que quelque chose a mal tourné. Il devine que les malandrins vont nous dire où ils emmenaient leur victime et que nous découvrirons ainsi le lieu de ses rendez-vous secrets. Une seule chose lui reste à faire : pour que la proxénète ne puisse pas nous révéler son nom, il court l'étrangler. Et voilà, il est vengé, il a repris ses lingots d'or, la course des Bateaux-Dragons lui a rapporté la forte somme, Tong, Sia, la vieille Meng — les seules personnes qui pourraient témoigner contre lui — sont mortes. Rideau.

Le juge se tut. Sans rien dire, Hong lui versa une nouvelle tasse de thé. Le juge en avala deux ou trois gorgées, se passa une serviette fraîche sur le visage, et reprit :

— Mais Kou est peut-être innocent. Alors, tout ce que je viens de dire est faux. Lotus d'Or est bien devenue amnésique après une attaque de fièvre chaude, et les cicatrices sur le dos de Madame Ambre remontent au temps où elle était encore une pauvre esclave ; dans certaines familles, ces malheureuses sont durement traitées. Enfin, Kou croyait à l'existence de la perle. Dans le fond, cette histoire est plausible, et moi-même je l'ai d'abord crue véridique. Ceci dit, oublions toutes mes accusations contre lui et concentrons-nous sur notre second suspect : le Dr. Pien Kia. En premier lieu, cherchons son mobile. A mon avis, c'est un sentiment de frustration qui a fait de lui un débauché sadique. Il s'agit dans son cas d'une sorte de protestation inconsciente contre une épouse dominatrice qui ne veut pas voir de concubine dans sa maison. Aucun autre exutoire ne s'offre à lui, car la

192

jalousie de sa femme et le decorum observé par les hommes de sa profession ne lui permettent pas de fréquenter au grand jour courtisanes ou prostituées. Peut-être y a-t-il aussi un élément de cruauté dans sa nature. Notre ignorance en ce domaine est grande, Hong. Quoi qu'il en soit, Pien a d'abord pris son vil plaisir avec les femmes de basse condition que lui amenait son acolyte, Tong Mai. Plus tard, il remplacera ce dernier par Sia pour des raisons analogues à celles analysées dans notre première hypothèse. Mais, hélas, ce genre de déséquilibré a besoin d'émotions de plus en plus fortes. Bientôt les filles vulgaires ne le satisfont plus. Il veut humilier des femmes plus fines et plus distinguées, et tourne les yeux vers la belle Madame Ambre. Il avait souvent l'occasion de la rencontrer, étant, comme me l'a dit l'antiquaire Yang, le médecin attitré de la première Épouse de Monsieur Kou. Mais fouetter la femme d'un notable ne va pas sans risques et il doit patienter jusqu'à ce que se présente une occasion favorable. En attendant, il charge Sia de surveiller la maison de Monsieur Kou, lui promettant une belle récompense s'il réussit à mettre Madame Ambre en son pouvoir, ne serait-ce qu'une seule nuit.

Le juge Ti se redressa pour boire un peu de

193

thé, puis il se renversa de nouveau en arrière et poursuivit :

— Dans cette seconde hypothèse, nous distribuons à Tong et à Sia des rôles différents. Dans la première, nous supposions que Sia n'apprenait le projet de fuite de son camarade et de Madame Ambre qu'après l'assassinat, et de la bouche de Monsieur Kou. A présent, nous allons supposer que Tong l'avait mis au courant de son projet de rendez-vous dans la maison abandonnée, mais que, prudente canaille, il s'était bien gardé de lui dire que la perle n'existait pas ni qu'il comptait s'enfuir avec Ambre. Sia voit donc là une chance d'obtenir la récompense promise par le Dr. Pien. Grâce à des renseignements échappés à son camarade, il dessine un plan de la propriété avec la place exacte du pavillon et va trouver le Docteur. « Faites en sorte que Tong manque son rendez-vous », lui dit-il, « j'irai à sa place, j'enfermerai Madame Ambre dans le pavillon, et quand la poulette sera dans le poulailler, vous ferez le coq avec elle tant qu'il vous plaira ! » Il ajouta sans doute que le Dr. Pien et lui pourraient vendre la perle à leur profit et se partager les lingots d'or. Quant à Madame Ambre, ils s'arrangeraient pour qu'on la découvre le lendemain matin dans le pavillon. Chacun, y compris son époux, attribuerait la responsabilité de sa terrible aventure à quelque vagabond. Le Dr. Pien accepta cette proposition avec joie. Non seulement il allait tenir Madame Ambre sous sa coupe une nuit entière, mais les lingots d'or lui permettraient de résoudre ses problèmes financiers. Crut-il à l'histoire de la perle ? J'en doute, car il est assez malin pour avoir tiré ses propres conclusions et compris que Tong avait inventé cette fable dans le but de faciliter sa fuite avec Madame Ambre. Le Dr. Pien verse donc le poison dans la tasse du jeune homme à Pont-de-Marbre. Cela le débarrasse en outre d'un associé devenu dangereux et, s'il parie en sous-main contre son propre bateau, il se fera un appréciable profit supplémentaire. Plus tard, Madame Ambre trouve Sia dans le pavillon. Il veut la maîtriser... elle se défend et sort un poignard. Dans la lutte qui suit, Sia est blessé et il tue Ambre, exprès ou accidentellement. De toute façon, ce meurtre renforcera son pouvoir sur le Dr. Pien. Il s'empare de l'or, mais mon arrivée inattendue l'empêche de chercher la perle. Il regagne Pou-yang, fait part de son insuccès à Pien, et lui réclame une récompense plus élevée comme prix de son silence, car si la justice apprenait ce qui s'est passé, le Docteur serait tenu pour responsable de la mort d'Ambre. Sia, en parlant ainsi, ne se rend pas compte qu'il s'adresse à un dangereux déséquilibré. Pien feint d'être d'accord, et, jouant de la cupidité de son complice, dit qu'il serait dommage de renoncer à la perle. Sia est trop bête pour avoir compris qu'elle est invendable. Il accepte d'accompagner le docteur au pavillon pour la chercher, mais, bien entendu, ce qu'il trouve, c'est la mort. Sers-moi une autre tasse, Hong, j'ai la gorge parcheminée.

En versant le thé, le vieux Sergent demanda :

— Si c'est Pien le meurtrier, Votre Excellence, qu'a-t-il fait ce matin, une fois son acte accompli ?

— Il a dû se cacher dans le petit bois qu'on traverse pour gagner la propriété. Il a attendu que Monsieur Kouang Min soit passé (il avait rendez-vous avec lui, souviens-toi) puis, lui ayant laissé le temps de découvrir les traces de recherches laissées par Sia, il se disposait à le rejoindre quand il nous aperçut. Ravi d'avoir des témoins supplémentaires, il nous suivit jusqu'au jardin clos sans se faire voir. L'explication du reste est analogue à celle de ma première hypothèse. Ayant, comme Kou, quitté l'audience avant la fin, le Dr. Pien reconnaît Mademoiselle Pivoine, court au quartier nord, et étrangle Madame Meng. En fin de compte, il ne pourra pas prendre son révoltant plaisir avec Madame Ambre, mais il est débarrassé de deux complices dangereux, et grâce aux lingots d'or et à l'argent des paris sa trésorerie se trouve renflouée. N'ai-je pas bien résolu mon petit problème sans laisser aucun détail dans l'ombre?

Le juge Ti s'arrêta pour écouter le tonnerre qui commençait à gronder dans le lointain, puis il remplaça par une serviette fraîche celle qui lui entourait le cou. Tandis qu'il procédait à cette opération, le Sergent déclara :

— Avec votre permission, Noble Juge, cette seconde hypothèse me paraît plus vraisemblable que la première. D'abord, elle est plus simple. Et je relève encore deux choses contre le Dr. Pien. Primo, il a essayé de nous faire croire que la mort de Tong était naturelle. Secundo, il a menti à Votre Excellence en prétendant avoir vu Sia regagner Pou-Yang après la course.

— Important, mais pas décisif, répondit le juge. Les symptômes présentés par Tong pouvaient, à première vue, se rapporter à un malaise cardiaque. Et le visage de Sia étant défiguré par une cicatrice, le Dr. Pien pourrait, en toute bonne foi, avoir pris un autre balafré pour lui. S'il est innocent, bien entendu !

— Mais qui a réparé le pavillon, Votre Excellence ?

— J'incline à croire que c'est Tong Mai. Il avait vécu dans cette demeure et la connaissait bien. Mais il n'a pas procédé à ces réparations dans le but d'y mettre en sûreté les objets d'art dont il faisait commerce, comme je l'ai supposé à tort. Les barreaux des fenêtres, la porte massive, le cadenas neuf, toutes ces précautions n'avaient pas pour but d'empêcher les gens d'entrer dans le pavillon, ils étaient là, au contraire, pour empêcher qu'on en sortît ! Vois-tu, Hong, ce pavillon était encore un meilleur abri que la maison de la vieille proxénète pour les scènes de débauche avec des victimes traînées là à leur corps défendant. Personne ne pouvait entendre « les piaillements de la poulette », comme Sia disait si bien à Mademoiselle Liang.

Le Sergent hocha pensivement la tête. Il réfléchit un moment en tiraillant sa maigre barbiche, et, fronçant les sourcils, déclara :

— Votre Excellence a parlé de trois suspects. Le troisième serait-il Monsieur Kouang Min ? Je dois avouer que...

Un bruit de bottes dans le couloir interrompit sa phrase. La porte s'ouvrit brusquement, et le Chef des sbires se précipita vers le juge Ti.

— Le Dr. Pien vient d'échapper de peu à la mort, Votre Excellence ! s'écria-t-il, haletant. Il a été attaqué en pleine rue, juste devant le Temple de Confucius !

XV

On reparle du domino volé ;
le Sergent est chargé
d'une curieuse mission.

Surpris par cette nouvelle, le juge Ti se redressa dans son fauteuil.

— Qui l'a attaqué ? demanda-t-il au Chef des sbires.

— L'agresseur a disparu, Votre Excellence. Le Dr. Pien est encore étendu sur le sol, à l'endroit de l'attentat.

— Comment la chose s'est-elle produite ?

— Le Dr. Pien se dirigeait vers le pont qui enjambe le fleuve quand un malandrin a foncé sur lui et, d'un coup de poing, l'a envoyé à terre. Heureusement, Monsieur Yang a entendu ses cris et est sorti en hâte de sa boutique. Le truand s'enfuit alors sans avoir eu le temps de dévaliser sa victime. L'antiquaire courut derrière lui, mais l'homme réussit à se perdre dans le dédale des ruelles voisines. Monsieur Yang revint s'assurer que le Dr. Pien n'était pas évanoui, puis, ayant dit au portier du temple de rester près du blessé, il est venu nous mettre au courant de l'agression.

Le Chef des sbires s'arrêta un instant pour reprendre haleine avant d'ajouter :

— Le Dr. Pien n'a pas voulu qu'on le bouge. Il désire qu'un autre médecin l'examine d'abord pour voir s'il n'a pas de lésions internes.

— Nous y allons tout de suite, dit le juge en se levant. Appelez le Contrôleur-des-Décès et commandez à vos hommes d'emporter une civière. Viens avec moi, Hong !

Le ciel s'assombrissait de plus en plus sous les nuages bas. Une atmosphère de fournaise régnait dans la rue que la petite troupe descendit rapidement sans s'écarter de la haute muraille du Yamen. Arrivés près du Temple de Confucius, ils virent un attroupement de badauds ; le Chef des sbires les écarta rudement pour livrer passage au juge.

Monsieur Yang était en train de glisser une vareuse pliée en quatre sous la tête du Dr. Pien toujours étendu par terre. Le blessé avait perdu sa coiffure, et la sueur plaquait sur son visage livide les longues mèches de son chignon dénoué. Il avait une grosse bosse au-dessus de l'oreille gauche et de larges contusions lui marbraient la joue de ce côté. Sa robe toute poussiéreuse était déchirée de l'épaule à la ceinture.

— Examinez ma poitrine, ma jambe et mon bras droit, murmura-t-il au Contrôleur-des-Décès qui venait de s'accroupir près de lui. Le visage est douloureux, mais je ne crois pas que l'os temporal soit endommagé.

Pendant que le Contrôleur-des-Décès posait délicatement sa main sur le torse du patient, le juge demanda :

— Que s'est-il passé exactement, Docteur ?

— Je me rendais chez une femme en couches qui habite rue de la Demi-Lune, de l'autre côté du pont. Il n'y avait personne près de moi...

Il fit une grimace de douleur sous la pression plus accentuée des doigts de son collègue.

— L'agresseur l'a attaqué lâchement par derrière ! s'écria Monsieur Yang avec indignation.

D'une voix faible, le Dr. Pien reprit :

— Entendant des pas furtifs, je voulus me retourner, mais un terrible coup de poing m'envoya contre le mur. Je m'écroulai, étourdi, et aperçus vaguement une grande forme au-dessus de moi. J'appelai au secours. Le truand me bourra de coups de pied pour me faire taire, puis déchira ma robe. Soudain, je le vis se redresser et s'enfuir vers le pont, poursuivi par Monsieur Yang.

— C'était un grand gaillard vêtu d'une vareuse et d'un pantalon brun foncé, Votre

201

Excellence, précisa l'antiquaire. Ses cheveux étaient noués avec un lambeau d'étoffe.

— Avez-vous remarqué son visage, Monsieur Yang ? demanda le juge.

— Je n'ai fait que l'entrevoir. Une figure toute ronde avec une courte barbe et des favoris. Est-ce bien cela, Docteur ?

Le Dr. Pien fit signe que oui.

— Portez-vous habituellement de grosses sommes sur vous ? reprit le magistrat.

Pien secoua la tête.

— Pas de papiers importants non plus ?

— Quelques ordonnances et un ou deux reçus.

Le Contrôleur-des-Décès se releva.

— Ne vous tracassez pas, Docteur ! dit-il d'un ton encourageant. Des contusions, mais pas de côtes cassées. Le coude et le genou droits ont légèrement souffert, c'est tout ! J'aimerais cependant vous examiner plus à fond au tribunal, si vous le permettez.

Le juge Ti se tourna vers le Chef des sbires.

— Envoyez quatre hommes rue de la Demi-Lune, commanda-t-il. Qu'ils recherchent un individu répondant au signalement que vous avez entendu. Renseignement complémentaire : c'est un gaucher.

S'adressant ensuite au portier du temple, il demanda d'un ton brusque :

— Et vous ? Rien vu, rien entendu ? Que faisiez-vous ? On ne vous a pas dit que vous étiez censé avoir l'œil sur ce qui se passe ?

— Je sommeillais dans ma loge, Votre Excellence ! bredouilla l'infortuné. C'est Monsieur Yang qui m'a réveillé en frappant à la porte.

— J'aurais dû faire la sieste moi aussi, expliqua l'antiquaire. Mais mon commis venait de classer une coûteuse collection de jades et je vérifiais s'il avait tout mis sous clef quand j'entendis crier au secours. Je me précipitai dans la rue et vis un truand qui déchirait la robe du Docteur. L'homme se sauva en m'apercevant et je courus après lui. Pas assez vite, hélas ! Je deviens vieux, Votre Excellence !

— Vous avez probablement sauvé la vie du Docteur, Monsieur Yang, dit le magistrat. Accompagnez-nous au tribunal pour que le scribe puisse enregistrer votre déposition.

Aux sbires, il commanda :

— Vous autres, posez votre civière par terre mais ne touchez pas au blessé.

Il regarda le Contrôleur-des-Décès et Monsieur Yang glisser avec précaution le Dr. Pien sur le brancard, et, aidés du Sergent, ils l'installèrent le plus confortablement possible. Tandis que les deux sbires soulevaient de nouveau la civière, le juge dit à Hong en baissant la voix :

— Le moment de l'attentat était bien choisi,

les rues sont vides à l'heure de la sieste. Et de l'autre côté du pont c'est un véritable terrier à lapins ; on ne peut rêver meilleur endroit pour se cacher.

La petite troupe prit le chemin du Yamen. Au bout de quelques pas, le juge dit au Chef des sbires :

— Galopez jusqu'au débarcadère et ramenez Monsieur Kouang. S'il n'est pas sur la jonque, attendez qu'il revienne. Faites vite !

Pendant que le policier courait chercher sa monture, le magistrat dit à l'oreille de Hong :

— Toi, va tout de suite chez Monsieur Kou et assure-toi qu'il est bien en train de faire la sieste.

De retour dans son cabinet, le juge s'assit à sa table et se versa une tasse de thé qu'il vida d'un trait. Puis, les coudes posés devant lui et le front plissé par la réflexion, il essaya de mettre en ordre les pensées qui tourbillonnaient dans sa tête. Une chose le déroutait dans le dernier incident. Une chose qui ne s'accordait pas avec l'idée confuse qu'il se faisait de l'affaire depuis le début. Sa robe transpercée de sueur lui collait au dos et aux épaules, mais il ne s'en aperçut même pas.

Au bout d'un long moment, il se redressa.

— Oui, murmura-t-il, cela pourrait être la solution du problème. Ainsi, tout serait clair. Tout... sauf le mobile !

Perplexe, il se demanda quelle ligne de conduite adopter. Sa nouvelle interprétation des faits était plausible, mais pouvait-il se fonder sur une simple intuition pour arrêter quelqu'un ? Ne ferait-il pas mieux de s'en tenir à l'autre conclusion, celle à laquelle il était arrivé à la suite de déductions logiques ? Ou alors, ne pourrait-il imaginer un stratagème lui permettant de mettre à l'épreuve ses deux théories ? Oui... mais il faudrait que la chose se fît en une seule et même opération ! Caressant sa longue barbe, il se mit de nouveau à réfléchir.

C'est ainsi que le trouva le Contrôleur-des-Décès quand, une demi-heure plus tard, il vint faire son rapport.

— L'état du Dr. Pien est satisfaisant, déclara ce docte personnage. Je lui ai frotté la poitrine avec un onguent de ma composition avant de la bander, et je lui ai mis le bras droit en écharpe. Il peut marcher. Enfin... avec l'aide d'une canne. A présent, il désire retourner chez lui pour prendre du repos.

— Qu'il prenne tout le repos qu'il voudra, mais ici ! répliqua vivement le juge.

Voyant l'air étonné de son interlocuteur, il ajouta :

— J'ai encore des questions à lui poser.

Le Contrôleur-des-Décès s'inclina et sortit. Peu après son départ, le Sergent reparut. Lui faisant signe de s'asseoir sur le tabouret placé devant son bureau, le magistrat demanda vite :

— Monsieur Kou était-il dans sa maison ?

— Non, Noble Juge. Il s'est plaint de la chaleur à son majordome et a dit qu'au lieu de faire sa sieste entre quatre murs il allait brûler de l'encens sur l'autel du Dieu de la Cité. C'est dans ce temple qu'on a déposé le cercueil de Madame Ambre en attendant que les devins aient choisi un jour propice pour l'enterrement. Monsieur Kou n'est rentré qu'au moment où je m'en allais. Je l'ai prié de ne pas sortir de nouveau, donnant comme raison que Votre Excellence avait probablement l'intention de le convoquer.

Le vieux Sergent jeta un regard anxieux à son maître.

— Mais que signifie cette attaque contre le Dr. Pien ? demanda-t-il.

— C'est peut-être une simple tentative de vol, et alors l'incident n'infirme en rien ma théorie sur la culpabilité du Docteur. Si au contraire on a voulu se débarrasser de lui, c'est qu'il est innocent et connaît à son insu quelque détail susceptible de nous conduire au véritable assassin. Dans ce cas, il faut revenir à notre second suspect : Monsieur Kou. Sous prétexte d'un pèlerinage sentimental au Temple, il est peut-être tout simplement allé voir un truand pour le charger de clore à jamais la bouche du Dr. Pien. A propos, le Docteur voulait retourner chez lui, mais je lui ai fait dire de rester au tribunal... dans le cas où son agresseur songerait à renouveler sa tentative! Tu as bien fait de consigner Kou dans sa demeure, comme cela nous pouvons nous occuper de Kouang Min en toute tranquillité.

— Alors c'est bien lui le suspect numéro trois! s'écria le Sergent Hong. Mais pour quelle raison l'avez-vous mis sur votre liste, Noble Juge? Il correspond au portrait du malandrin donné par Monsieur Yang, mais Votre Excellence le soupçonnait déjà avant cette agression.

Avec un petit sourire, le juge expliqua:

— Monsieur Kouang Min a été inclus automatiquement sur ma liste dès que j'eus compris ce que signifiait la disparition de mon domino.

— La disparition de votre domino?

— Oui, Hong, le double-blanc. Hier soir, quelqu'un l'a volé pendant notre partie sur la barge. Les seules personnes en mesure de le subtiliser étaient Kou, Pien et Kouang Min. Kou et Pien lorsqu'ils vinrent m'avertir que la course des Bateaux-Dragons allait commencer, et Kouang Min quand il est monté sur le pont, au moment où mes épouses et moi nous étions accoudés au bastingage pour admirer le décor de la fête nautique.

— Mais pourquoi l'assassin aurait-il volé ce domino ?

— Parce qu'il a l'esprit beaucoup plus vif que le mien ! répondit le juge avec un sourire pincé. En apercevant le double-blanc sur la table, il fut frappé par sa ressemblance avec les contremarques que distribuent les soldats de garde aux portes de la ville. Son esprit a fonctionné aussitôt, mais le mien a mis plus de temps ! En un clin d'œil, il vit combien cela serait fâcheux si son acolyte, l'étudiant Sia, avait à fournir la preuve de son identité en rentrant à Pou-yang. Après le meurtre de Tong, ou bien si la petite séance de flagellation que le criminel se promettait avec Madame Ambre tournait mal, il n'était pas impossible que la justice voulût savoir quelles personnes avaient regagné la ville à une heure tardive. Faute d'être en règle, Sia aurait attiré l'attention des gardes qui se seraient d'autant mieux souvenus de lui que sa balafre ne passe pas inaperçue. L'assassin vit tout cela en une seconde et glissa le domino dans sa manche. Plus tard, il griffonna n'importe quel numéro dessus et le remit à Sia qui l'a utilisé en revenant du pavillon. La fausse contremarque que le caporal de la Porte Sud m'a envoyée n'est autre que mon double-blanc, Hong !

-- Si vif que soit son esprit, le meurtrier a

tout de même commis une faute puisque son subterfuge a été découvert.

— Une faute minime. Et il ne pouvait pas deviner que je prenais le jeu de dominos si au sérieux que l'absence d'une pièce me conduirait à toutes ces réflexions. Mais assez de spéculations oiseuses. Il faut nous mettre au travail maintenant car la besogne ne manque pas et nous disposons de bien peu de temps. Le mieux, bien sûr, serait de nous livrer à une étude systématique du passé de nos suspects et d'éplucher leurs récents faits et gestes. Hélas, c'est impossible, l'assassin peut frapper encore et il faut prendre des mesures immédiates. Mais avant de décider lesquelles, je désire savoir où se trouve Kouang Min. Va voir si le Chef des sbires est de retour.

Pendant que le Sergent sortait pour interroger les gardes, le juge Ti alla ouvrir sa fenêtre et se pencha au dehors. Il vit avec plaisir qu'une légère brise semblait vouloir se mettre à souffler. Il jeta un regard pensif sur le jardin de rocaille. La tortue cheminait allégrement parmi les plantes qui entouraient le minuscule bassin aux poissons rouges ; le cou tendu, elle se dirigeait visiblement vers un but déterminé. Lorsqu'il entendit Hong revenir, le juge se tourna vers lui.

— Le Chef des sbires n'est pas encore là, Votre Excellence, annonça le Sergent.

— Pourvu que Kouang n'ait pas filé !

Le pli soucieux qui venait d'apparaître sur le front du magistrat disparut cependant assez vite tandis qu'il ajoutait :

— Mais non, il est trop malin !

Il alla prendre l'éventail en plumes de grue et continua :

— En attendant son arrivée, je vais te dire comment je reconstruis l'affaire si c'est Kouang Min le coupable. Ainsi, tu connaîtras exactement la position de nos trois principaux suspects.

Plaçant une serviette humide autour de son cou, il poursuivit :

— Je suis certain que Monsieur Kouang mène dans la capitale une vie exemplaire. C'est pendant ses fréquents voyages qu'il donne libre cours à ses instincts pervers, mais il est très fort et s'arrange pour que le secret soit bien gardé. Dans les hôtels où il descend, il va jusqu'à demander au gérant de lui faire venir des filles — saines et bon marché — afin d'acquérir la réputation d'un homme aux appétits normaux. A Pou-yang, sa quête d'objets anciens lui fit connaître Tong et Sia, et il chargea le premier d'abord, le second ensuite, de lui procurer en plus les véritables distractions qu'il recherche —

moins saines et moins bon marché. Son intérêt pour les choses antiques l'a mis aussi en relations avec Kou Yuan-liang. Ce dernier lui a même fait divers achats, m'a dit Yang. Madame Ambre cataloguait les trésors de son mari, de sorte que Kouang Min a dû la rencontrer plusieurs fois lors de ses visites au collectionneur. Il jeta aussitôt son dévolu sur la jeune femme pour la même raison que celle mentionnée dans mon hypothèse impliquant Pien : le besoin d'humilier et de maltraiter une femme élégante. Indiquant à Sia ce nouveau gibier, il lui dit de l'avertir dès qu'il aura trouvé un moyen de l'amener dans ses filets. Il y a quelques jours, Kouang Min écrivit vraisemblablement à son acolyte qu'il passerait bientôt à Pont-de-Marbre. Prévenant ses désirs, Sia charge trois truands d'enlever Mademoiselle Pivoine, précédemment désignée comme future victime, et, hier matin, il court informer Kouang de cet arrangement. De plus, il lui fait part d'une grande nouvelle : Madame Ambre peut lui être livrée le soir même s'il le souhaite. Il explique comment Tong et Ambre ont rendez-vous dans le petit pavillon pour négocier l'achat de la perle, et ajoute que lui, Sia, est prêt à s'y rendre à la place de Tong. Kouang Min accepte avec d'autant plus d'enthousiasme qu'outre la satis- faction de ses instincts sadiques l'affaire doit lui rapporter dix lingots d'or. Il ne croit guère à l'histoire de la perle, mais garde ses doutes pour lui. La grande affaire est de se débarrasser d'abord de Tong Mai. Avant la course, lui dit Sia, les organisateurs offriront à boire aux équipages dans un estaminet de Pont-de-Marbre et Tong sera de la partie comme timbalier du Dr. Pien. « Voilà qui va faciliter ma tâche », pense Kouang. Il écrit au Docteur, lui demandant de venir le voir sur sa jonque. Pien répond qu'il pourra seulement passer en fin d'après-midi. Encore mieux, se dit Kouang Min, et il laisse le Docteur l'emmener à l'estaminet où il verse du poison dans le vin de Tong Mai. Rien n'empêchera donc Sia de se rendre au pavillon, d'y enfermer Madame Ambre, et, cela fait, d'avertir son employeur. Le lendemain matin, Kouang Min « découvrira » la malheureuse lorsque Pien lui fera visiter la propriété achetée pour son compte. En attendant, il donne à Sia l'ordre de décommander l'enlèvement de Mademoiselle Pivoine ; il a mieux à faire qu'à flageller une vulgaire fille de maison !

Le magistrat se tut. Il écouta les grondements de l'orage, plus proche à présent.

— Pourquoi, hier soir, Kouang Min est-il venu sur votre barge ? demanda le Sergent.

— Je me suis posé la question. Probablement pour établir le fait qu'il se trouvait là pendant la course des Bateaux-Dragons. Cela place son retour à Pont-de-Marbre assez avant dans la soirée, et comme ses matelots étaient ivres et Souen malade, il devient difficile d'établir son emploi du temps exact. Quoi qu'il en soit, il vole le domino, le remet à Sia, et file à Pont-de-Marbre. Plus tard, Sia vient lui dire que les choses ont mal fini, qu'il a dû tuer Ambre, et qu'il apporte seulement l'or parce que ma venue l'a empêché de se mettre en quête de la perle. Kouang Min regrette que sa petite séance avec Madame Ambre soit impossible, mais les lingots d'or le consolent. La suite de l'histoire est la même qu'avec Pien ou Kou. Notre homme obtient de Sia qu'il revienne dans le pavillon le lendemain matin, déguisé en charpentier. Sa présence personnelle sera justifiée par le rendez-vous avec le Dr. Pien. Il tue Sia pendant que celui-ci cherche la perle, et, plus tard, il étrangle la vieille proxénète de la façon indiquée dans les hypothèses numéro un et numéro deux. Voilà, mon cher Hong, comment les choses se sont passées... si c'est Kouang Min le coupable !

Le juge Ti s'essuya le visage avec une serviette fraîche. Le Sergent suivit son exemple. La chaleur était étouffante dans le petit bureau.

Après un silence, Hong remarqua :

— Kouang Min a vomi en apercevant le

cadavre de Sia. C'est un point en sa faveur, car c'est là un réflexe difficile à simuler.

Le juge haussa les épaules.

— Kouang s'est détourné poliment, et la macabre trouvaille accaparait notre attention. Il s'est peut-être tout bonnement enfoncé un doigt dans la gorge.

On frappa, et le Chef des sbires apparut, un sourire satisfait sur les lèvres.

— J'ai attendu longtemps, Votre Excellence, s'écria-t-il, mais je vous ramène Monsieur Kouang ! Le capitaine de la jonque m'a dit que ses deux passagers étaient sortis faire des emplettes après le riz de midi. Monsieur Souen est revenu seul ; il m'a informé que son collègue avait pris le chemin du Grand Canal, ayant affaire de ce côté. Je me suis mis immédiatement à sa recherche et je l'ai aperçu dans une petite pharmacie. Il m'a suivi sans difficulté et attend au corps de garde le bon plaisir de Votre Excellence.

— Très bien. Où est le Dr. Pien ?

— Au greffe, Votre Excellence. Il boit une tasse de thé avec le Contrôleur des Décès. Un scribe a enregistré sa déposition. J'ai aussi celle de Monsieur Yang, qui a regagné ensuite son magasin.

Le juge parcourut les deux documents. Il les passa au Sergent et demanda au Chef des sbires :

— Vos hommes ont-ils mis la main sur l'agresseur du Dr. Pien ?

Le visage du policier se rembrunit.

— Non, Votre Excellence. Ils ont interrogé les habitants de la rue de la Demi-Lune et fouillé les endroits qui auraient pu lui servir de refuge, mais tout cela en vain.

Il regarda le juge avec anxiété, s'attendant à recevoir une verte réprimande. Le magistrat ne lui fit aucun reproche ; après s'être un instant caressé la barbe, il se contenta de dire :

— Informez Monsieur Kouang que je ne peux le voir maintenant, car je désire que Monsieur Kou et le Dr. Pien assistent à l'entretien. Celui-ci n'aura rien d'officiel, aussi ai-je décidé de tenir ma petite réunion chez Monsieur Kou. Nous serons beaucoup mieux qu'au tribunal. Mettez Monsieur Kouang et le Dr. Pien dans un palanquin fermé et conduisez-les chez Monsieur Kou. Dites à ce dernier que nous allons nous réunir dans sa bibliothèque ; c'est une pièce tranquille, au fond de ses appartements, et c'est là qu'il m'a reçu hier soir. Avertissez-le que je me rendrai chez lui dès que j'aurai expédié une petite affaire en train. Vous avez bien tout compris ?

Lorsque le Chef des sbires se fut incliné obséquieusement, le juge ajouta :

— Dès que vous aurez mené Monsieur Kouang et le Dr. Pien chez Monsieur Kou, revenez ici chercher d'autres instructions.

Quand le policier fut sorti, le Sergent demanda :

— Votre Excellence espère voir le coupable se trahir au cours de la conversation ?

— Disons que je le souhaite. Maintenant, Hong, j'ai une course pour toi. Je voudrais que tu me trouves une main en bois.

— Une main en bois, Votre Excellence ?

— Oui. Rends-toi chez Monsieur Yang et demande-lui s'il peut t'aider. Il y a sûrement des mains de statues bouddhistes qui traînent dans son magasin. D'ordinaire, elles sont taillées à part dans un morceau de bois, et on les ajuste aux bras de la statue quand celle-ci est terminée. J'ai besoin d'une main gauche, grandeur nature ou un peu plus grande. Je voudrais qu'il la peigne en blanc et glisse à son index un anneau de cuivre avec une pierre rouge bon marché. Explique-lui que je veux l'utiliser au cours d'un entretien que j'aurai tout à l'heure avec le Dr. Pien et Monsieur Kouang dans la bibliothèque de Monsieur Kou.

Un éclair illumina le papier de la fenêtre, suivi

presque aussitôt par un coup de tonnerre assour-
dissant.

— Il pourrait bien se mettre à pleuvoir,
remarqua le juge. Prends une chaise à porteurs,
Hong. A ton retour je t'expliquerai mon petit
plan. Maintenant, va... le temps presse !

XVI

Monsieur Kou fait servir à ses hôtes
des fruits glacés ;
le juge Ti se demande
s'il n'a pas joué avec le feu.

Il faisait nuit lorsque les coolies en sueur déposèrent le palanquin officiel dans la première cour. Six énormes lanternes en papier huilé pendaient aux avant-toits des constructions environnantes, chacune portant les mots « Demeure de Kou » inscrits en gros caractères rouges. Leur lumière éclaira le visage anxieux du collectionneur qui accourait vers le palanquin avec son majordome ; tous deux guettaient depuis un long moment déjà l'arrivée du magistrat.

Celui-ci mit pied à terre, suivi par le Sergent Hong. Monsieur Kou s'inclina profondément. Le juge fit un petit salut de la tête, puis dit d'un ton affable :

— Une affaire urgente m'a retenu plus longtemps que je ne l'aurais voulu. J'en suis désolé, croyez-le bien. Monsieur Kouang et le Dr. Pien sont-ils là ?

— Oui, Noble juge. Nous étions inquiets, craignant que l'orage n'éclatât sur Pou-yang avant l'arrivée de Votre Excellence.

Un éclair illumina le ciel, suivi d'un grondement sourd. Monsieur Kou se hâta de faire entrer ses visiteurs et les précéda le long du couloir tortueux qui conduisait au fond de sa demeure.

En franchissant le seuil de la bibliothèque, le magistrat vit avec satisfaction que la grande pièce peu meublée correspondait bien à son souvenir. Elle était éclairée par les bougies de trois appliques doubles, disposées entre les quatre fenêtres du fond. A gauche de la porte, une magnifique collection de porcelaines anciennes et de verreries étrangères occupait les tablettes d'un large cabinet. Le mur de droite disparaissait sous des rayons chargés de livres et de rouleaux manuscrits. Une épaisse moquette bleue couvrait le plancher, au centre duquel se trouvait une massive table d'ébène carrée qu'entouraient quatre fauteuils assortis.

Le Dr. Pien et Monsieur Kouang étaient assis autour d'une table à thé ronde placée près de la fenêtre de droite, dans le coin le plus éloigné. Ils se levèrent aussitôt et vinrent au-devant du magistrat, le Dr. Pien s'aidant pour marcher d'une canne en bambou. Le juge Ti fut heureux de constater que la longue attente dans l'atmosphère étouffante de la pièce avait mis leurs nerfs à vif. Les deux hommes avaient les traits tirés, et les minces robes d'été qu'ils portaient leur collaient aux épaules.

Le juge s'écria d'un ton enjoué :

— Restez assis, Messieurs ! Je vois avec plaisir que vous allez mieux, Docteur. Croyez-moi cependant : ne vous promenez pas trop !

Il prit un siège près de leur table et continua :

— Je suis désolé de vous avoir fait attendre, mais vous savez ce que c'est au tribunal...

Coupant court aux protestations polies de son hôte, il déclara :

— Hong va aider votre majordome à servir le thé. Quelle chaleur, ici ! Je ne vous blâme pourtant pas de garder les fenêtres closes, une vraie tempête se prépare. Malgré tout, ne nous plaignons pas trop. Quand je songe aux hivers du Nord...

Les quatre hommes continuèrent leur échange de banalités courtoises pendant que le majordome et le Sergent versaient le thé. Après avoir porté la tasse à ses lèvres, le juge constata en souriant :

— Ce thé est vraiment délicieux. Mais qu'attendre d'autre dans la demeure d'un homme aux goûts si raffinés !

La bonne humeur du magistrat détentit l'atmosphère. Essuyant la sueur qui perlait à son front, le Dr. Pien demanda :

— A-t-on des nouvelles de mon agresseur, Votre Excellence ?

— Pas encore, mais nous nous occupons de lui. Ne vous inquiétez pas, Dr. Pien, nous finirons bien par mettre la main sur ce gredin-là !

— Je regrette profondément de vous imposer un tel surcroît de besogne, dit le Docteur d'un air contrit. Votre Excellence doit avoir tant à faire en ce moment avec l'ass...

Il s'interrompit pour jeter un regard embarrassé vers Monsieur Kou et, modifiant sa phrase, conclut :

— ... avec de plus graves problèmes !

— Oui, je suis plutôt occupé ! Et ceci m'amène à l'objet de notre rencontre. Je vous ai priés de venir ici ce soir, Messieurs, parce que j'ai besoin de vos conseils. J'espère que Monsieur Kou voudra bien me pardonner d'avoir choisi sa demeure pour notre réunion malgré son deuil. Mais la terrible tragédie le touche de si près que j'ose croire...

Il s'arrêta, puis voyant son hôte incliner gravement la tête, reprit :

— Vous pouvez dire à votre majordome de se retirer, Monsieur Kou. J'aperçois les rafraîchissements sur la desserte ; mon assistant fera le service.

Quand le domestique fut sorti, il se pencha vers les trois hommes et continua :

— J'ai toujours eu le sentiment qu'un magistrat doit faire part de ses problèmes aux notables du district afin de profiter de leur savoir et de leur expérience.

Avec un sourire à Kouang Min, il ajouta :

— Vous n'êtes pas citoyen de Pou-yang, Monsieur Kouang, mais vous honorez si souvent notre cité de vos visites que j'ai pris la liberté de vous inclure dans notre petit comité.

Sans paraître remarquer l'étonnement du Dr. Pien, il poursuivit :

— Je vous le répète donc, Messieurs, j'ai besoin de vos conseils. Quatre crimes atroces ont été commis dans notre ville, et j'ignore l'identité de l'assassin. Une enquête minutieuse s'impose. L'objet de notre conférence est d'étudier la direction qu'elle doit prendre pour arriver à de bons résultats. Des semaines se passeront probablement avant que nous puissions découvrir une piste intéressante, mais qu'importe ? Qui va lentement, va sûrement, comme on dit !

Haussant les sourcils, Kouang Min demanda :

— Vais-je être obligé de rester ici tout ce temps, Seigneur Juge ?

— Pas forcément. L'affaire la plus obscure se trouve parfois élucidée de façon inattendue grâce à un hasard heureux. Apporte-nous donc ces fruits glacés, Sergent ! Et je vous en conjure, Messieurs, laissons ce sujet désagréable de côté pendant que nous les dégusterons !

Tandis que tous savouraient la fraîcheur délicieuse des friandises servies par Hong, la réserve de Monsieur Kou fondit un peu. Quand son bol en vieille porcelaine fut vide, il relata une intéressante histoire de peinture présentée comme un original alors qu'il s'agissait d'un faux. Le juge Ti raconta une amusante affaire qu'il avait eu à débrouiller dans l'un de ses précédents postes. Il mit beaucoup d'humour dans son récit et tous rirent de bon cœur. En dépit de l'oppressante chaleur, l'atmosphère était à présent tout à fait détendue. Au moment où le Sergent se préparait à emplir encore une fois leurs tasses, le juge se leva en s'écriant :

— Maintenant, Messieurs, au travail !

Il se dirigea vers la grande table d'ébène et s'assit de façon que les fenêtres se trouvassent à sa gauche et la porte à sa droite. D'un geste de la main, il indiqua les sièges que le Sergent disposait de l'autre côté de la table. Le Dr. Pien prit celui du milieu, face au magistrat, Monsieur Kouang s'assit à la droite du Docteur, Monsieur Kou à sa gauche.

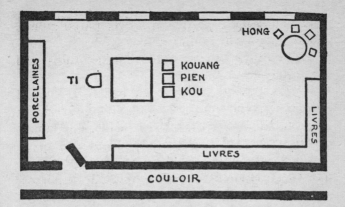

Le juge Ti repoussa le gros chandelier d'argent placé devant lui afin de l'amener complètement à sa gauche et lança d'un ton agacé :

— On étouffe ici ! Éteins les bougies murales, Sergent. Elles rendent la pièce encore plus chaude et leur lumière me fatigue les yeux. J'ai des ennuis avec ma vue, Messieurs. Le trop grand éclat du soleil dans nos régions, j'imagine. Voyons... ai-je apporté ma visière ?

Il glissa la main dans sa manche et en sortit une enveloppe.

— Bonté Divine ! s'écria-t-il. Je n'ai même pas ouvert cette lettre ! On me l'a remise au moment où je sortais du tribunal. Elle porte l'indication « Personnel et Urgent ». Voulez-vous m'excuser un instant ?

225

Il déchira l'enveloppe et en tira un feuillet plié. C'était une longue lettre écrite en petits caractères difficiles à déchiffrer. Parcourant le début, le juge marmonna :

— Le signataire dit que sa nièce, placée quelque part comme servante, a été enlevée. Elle a subi des violences. Hum... la pauvre fille a eu probablement affaire à un déséquilibré.

Il continua un moment sa lecture en silence, puis reprit tout haut :

— Elle a entrevu le visage de son bourreau. Un notable de Pou-yang, semble-t-il. C'est pourquoi mon correspondant a hésité longtemps avant de m'écrire. Mais, en fin de compte il trouve que de telles pratiques ne devraient pas être tolérées dans une ville bien administrée. Il me demande de procéder immédiatement à une enquête... de prendre les mesures propres à... oui, nous connaissons la formule. Cet homme aurait dû venir me voir tout de suite. Voyons... ne mentionne-t-il pas le nom du scélérat ?

Le juge approcha le papier de ses yeux et secoua la tête.

— Je ne le trouve pas. Je n'ai jamais vu écriture aussi illisible ! Voudriez-vous avoir l'obligeance de me lire le reste, Monsieur Kou ?

Il tendit le feuillet à son hôte, puis, se ravisant, dit avec un sourire d'excuse :

— Non, je ne dois pas montrer les lettres de

plaignants à des personnes étrangères au tribunal ! J'étudicrai cela plus tard.

Il replia la missive qu'il glissa dans sa manche.

— Les gens devraient réfléchir avant de lancer des accusations aussi absurdes, déclara Monsieur Kouang d'un air contrarié.

— Peut-être pas si absurdes que cela, dit le juge, soudain grave. A la vérité, j'ai des raisons de croire que l'assassin de Madame Ambre est lui aussi un déséquilibré.

Renversé dans son fauteuil, il étudia le visage des trois hommes. Sous l'éclairage de sa bougie, leurs traits paraissaient de nouveau tirés. Les minutes d'agréable détente étaient loin. Le juge promena son regard autour de lui. Hong était assis près de la petite table ronde et fixait la flamme du lumignon posé sur le plateau à thé. Le reste de la pièce était une masse d'ombre dans laquelle persistait l'odeur de fumée produite par les bougies murales en s'éteignant.

Laissant se prolonger l'embarrassant silence, le juge jeta un coup d'oeil vers la droite. Dans l'obscurité presque totale, il ne distingua que la mince raie lumineuse formée sous la porte par la lampe du couloir. Si quelqu'un avait écouté au-dehors, il n'aurait pas manqué d'ouvrir cette porte, le magistrat lui ayant donné tout le temps nécessaire. Puisque cela n'était pas, c'est que son intuition l'avait trompé. Le coupable se trouvait bien parmi les trois hommes assis de l'autre côté de la table, et c'était sur eux qu'il lui fallait concentrer ses efforts.

— Je vous ai dit, reprit-il tout haut, que je soupçonnais l'assassin d'être un déséquilibré. Un déséquilibré sexuel. Je suis arrivé à cette conclusion...

Il s'interrompit. La porte ne venait-elle pas de se refermer très doucement ? Il regarda de nouveau à droite, mais ne vit rien d'autre que la mince raie lumineuse au ras du sol. S'éclaircissant la gorge, il continua :

— Je crois avoir une idée assez correcte de la personnalité du criminel, et cela à cause d'une curieuse erreur de sa part.

Il vit Kou changer de position sur son fauteuil, l'air mal à l'aise. Le Dr. Pien, lui, le regardait fixement, serrant ses lèvres minces. La meurtrissure bleuâtre, sur le côté gauche de son visage, contrastait avec la pâleur de son teint. Quant à Kouang, il semblait s'être tout à fait repris et arborait une expression d'intérêt poli.

— Tout homme qui tue de sang-froid, poursuivit le juge, démontre par cela même qu'il n'est pas normal. Et si son acte est motivé par une perversion de l'instinct sexuel, un tel homme frise constamment la folie. Quelle existence terrible est la sienne ! Il lui faut sauver les apparences, accomplir sa besogne journalière en

228

s'efforçant de garder sous contrôle ses redoutables impulsions. Des hommes condamnés pour de tels actes ont décrit tout cela dans leurs confessions. Ils ont raconté en détail cette lutte pour conserver leur équilibre mental. Ils ont dit les horribles hallucinations qui les poursuivaient, l'impression que les forces des ténèbres les épiaient, toujours prêtes à fondre sur eux. Ils parlent aussi des persécutions que leur font subir les fantômes de leurs victimes. Je me souviens en particulier d'une affaire que j'eus à instruire...

Il prêta de nouveau l'oreille. A présent, il était sûr que la porte venait de se refermer. Du coin de l'œil, il vit une forme se mouvoir dans la pénombre, près du meuble aux porcelaines. Le personnage aux écoutes s'était donc introduit dans la pièce. C'était là une possibilité dont il n'avait pas tenu compte dans son plan. Il s'était imaginé que l'homme entrouvrirait seulement l'huis pour suivre leur conversation et ne se trahirait que beaucoup plus tard. Mais comme il lui était impossible de modifier sa tactique maintenant, il poursuivit son histoire :

— Lorsque j'interrogeai le criminel, il affirma que, chaque nuit, la main de la femme tuée par lui montait le long de sa poitrine et tentait de lui serrer la gorge...

— Ce ne pouvait être qu'un cauchemar !
s'écria le Dr. Pien.

— En êtes-vous bien sûr ? Le matin du jour
où il devait être exécuté on trouva cet homme
étranglé dans sa cellule. J'écrivis dans mon
rapport qu'il s'était fait justice lui-même, à demi
détraqué par la terreur et le remords. Peut-être
était-ce vrai. Mais, d'un autre côté...

Le juge Ti secoua la tête d'un air peu
convaincu et, caressant sa longue barbe, resta un
moment songeur.

— En tout cas, reprit-il enfin, cela explique
pourquoi notre meurtrier a commis son erreur.
Je devrais dire « fut obligé de la commettre »,
puisqu'il jouait avec des forces qu'il est plus sage
de laisser en paix. Le meurtre de Tong Mai a pu
être agréable à « la Dame Blanche », lui rappe-
lant les anciens sacrifices de jeunes hommes sur
son autel, mais l'assassinat de Madame Ambre
ne pouvait que l'irriter. Madame Ambre appartenait comme elle au sexe féminin, et la tuer si
près du bois consacré à la Déesse était un défi à
ces forces que nous connaissons mal. Quoi qu'il
en soit, j'ai la preuve que le meurtrier fit une
faute que peut seul expliquer un curieux manque
de mémoire. Cet homme est très intelligent,
mais il a oublié une chose. Sur le lieu du crime...

— De quel crime ? demanda Monsieur Kou
d'une voix rauque. Que Votre Excellence

veuille bien excuser mon interruption, mais n'y en a-t-il pas eu quatre ?

— Quatre, en effet, reconnut sèchement le juge Ti.

Un roulement de tonnerre résonna dans le lointain.

— Ne laissez pas ce sale temps vous détraquer les nerfs, Monsieur Kou.

Kouang Min prononça la phrase dans une intention rassurante, mais sa voix était si aiguë qu'elle produisit un effet étrange.

— La porte vient de s'ouvrir ? dit soudain le Sergent avec inquiétude. Irai-je voir, Votre Excellence ?

Quittant son coin, il s'avança vers le milieu de la pièce.

L'espace d'un instant, le juge hésita. A dessein, il n'avait pas parlé à son assistant de la présence possible d'un espion. Selon toute apparence, celui-ci venait de quitter la pièce, et si le Sergent avait vu la porte s'ouvrir c'était pour son départ. Mais le juge ne pouvait se permettre le moindre risque. Si par hasard l'homme était encore là, il ne fallait pas qu'il sût que le magistrat connaissait sa présence. Ou alors le plan du juge Ti s'écroulait.

— Tes yeux t'ont joué un tour, Sergent ! répliqua-t-il d'un ton bourru. Reprends ta place et ne t'avise plus de m'interrompre ! Il lui sembla entendre le froissement de la robe de Hong retournant près de la table à thé. Mais non, la robe de son assistant était en coton, et le bruit qu'il localisait à présent derrière son fauteuil était plutôt un frou-frou soyeux.

Il scruta le visage de ses auditeurs et comprit aussitôt que ceux-ci ne pouvaient rien voir car sa propre tête était au centre du cercle lumineux formé par la bougie et devait être entourée d'ombre. Il lui fallait vraiment agir vite.

— Bon, reprit-il, je ne veux pas m'appesantir sur cette curieuse négligence du meurtrier. Je préfère vous parler d'un fait plus important. L'assassin employait comme homme de main l'étudiant Sia, et après boire l'étudiant Sia a eu la langue trop longue. J'ai retrouvé un vagabond qui hantait les mêmes débits de boisson que lui. Cet homme m'a révélé que le patron de Sia se faisait parfois aider par une autre personne, une personne d'une classe bien différente...

Le juge entendit de nouveau le frou-frou de soie. Il avait escompté que le danger viendrait de droite, ce qui lui permettrait de distinguer son agresseur et de se défendre, mais maintenant il percevait le souffle d'une respiration derrière son dos.

Les trois hommes remarquèrent son changement d'expression. D'une voix étranglée, le Dr. Pien demanda :

— Que se passe-t-il, Seigneur Juge ? Vous...

Un violent coup de tonnerre interrompit sa phrase.

La pensée traversa l'esprit du magistrat qu'il lui fallait bondir sans plus attendre et maîtriser l'inconnu. Mais non... la présence de celui-ci ne suffirait pas à établir sa culpabilité. Il pourrait inventer une explication, dire qu'il ne voulait pas les déranger... A ce moment, le juge sentit bouger l'objet placé dans sa manche et revint à son plan initial. La sueur inonda son visage, mais il ne s'en aperçut même pas.

— Ce troisième homme, dit-il d'une voix qu'il eut du mal à reconnaître comme la sienne, est un citoyen éminent de Pou-yang. Non seulement il a joué un rôle dans l'empoisonnement de Tong, mais il est aussi directement responsable du meurtre de la vieille proxénète. Elle fut étranglée par-derrière, s'efforçant en vain d'écarter avec sa main débile la soie qui lui serrait la gorge. Elle est morte de mort violente voici seulement quelques heures. Si son fantôme erre parmi nous à présent, il...

Le juge poussa un cri étouffé. Il se redressa sur son siège et, regardant par-dessus la tête des trois hommes, il lança au Sergent la question convenue entre eux :

— Qui donc se tient derrière toi, Hong ?

Le Dr. Pien pivota sur lui-même, aussitôt

imité par Kou et Kouang Min. Pendant que le Sergent courait vers eux en agitant les bras, le juge sortit rapidement un objet de sa manche, et, le plaçant au bord de la table, il cria :

— A l'aide, pour l'amour du Ciel, à l'aide !

Les trois hommes se retournèrent vivement, tandis que derrière leur dos, Hong cherchait lui aussi quelque chose dans sa manche. Kou et Pien poussèrent en même temps un hurlement de terreur. Les lèvres de Kouang Min remuèrent sans qu'il en sortit un son. Les yeux agrandis par l'épouvante, tous trois regardaient fixement la main blanchâtre qui semblait agrippée au bord de la table. Un moignon sanglant la terminait, et la pierre rouge de la bague passée à son index étincela d'une lueur maléfique quand, soudain, elle se déplaça lentement vers la bougie. Avant de l'atteindre, l'horrible chose changea encore de direction et s'approcha des trois hommes.

Le Dr. Pien bondit sur ses pieds, faisant tomber derrière lui son fauteuil. Les traits décomposés, le visage livide, il cria sans quitter des yeux la main qui continuait à se mouvoir dans sa direction :

— Je ne l'ai pas tuée !

Il s'effondra dans les bras du Sergent.

— Sauvez-moi ! hurla-t-il. Je ne l'ai pas tuée. Seulement Tong. Et par erreur ! On m'avait dit...

Il se mit à sangloter convulsivement.

Le juge n'entendit pas cette confession. Se soulevant à demi sur son siège pour se défendre contre une agression possible, il venait de tourner la tête et, figé, regardait avec terreur une autre main pâle sortir de l'obscurité.

XVII

La victime d'un monstrueux attentat
évoque sa triste aventure ;
le juge rectifie une date.

Pendant une angoissante seconde, le juge se demanda s'il n'avait pas fait sortir pour de bon une morte du tombeau. Mais la main pâle se leva et, à son immense soulagement, il vit la longue manche d'une robe noire. La main désignait de son index tendu la porte entrebâillée. Par l'ouverture, il aperçut la lampe du couloir dont la lumière tombait sur un personnage de forte carrure appuyé au chambranle.

Une voix douce mais assurée se fit entendre :

— C'est en vain que vous essayez de vous cacher, disait-elle. Venez ici !

Surpris par le son inattendu de cette voix, Kou et Kouang Min détachèrent leur regard de la main posée sur la table. Le Dr. Pien quitta les bras de Hong, et les trois hommes considérèrent avec une muette stupéfaction la femme en noir, à présent bien visible dans la lumière de la bougie. Pendant qu'ils contemplaient la beauté singulière de son visage, le juge prit vivement la main de bois et la fourra dans sa manche, puis, saisissant le chandelier, il l'éleva au-dessus de sa tête.

L'homme à la puissante carrure était maintenant tapi près du meuble aux porcelaines. Ses larges épaules ramenées en avant, il semblait vouloir se protéger contre une force invisible et ses yeux ne quittaient pas le visage de la femme.

Elle lui fit signe d'approcher. Il se redressa et, lentement, s'avança vers elle avec les mouvements saccadés d'un automate.

La porte s'ouvrit toute grande. Les sbires emplissaient le couloir et leur Chef s'apprêtait à entrer, mais le juge Ti l'arrêta d'un geste.

L'homme avançait toujours comme un somnambule. Kouang Min et Monsieur Kou s'étaient levés. Le dernier dit d'une voix tremblante à la femme en noir :

— Comment as-tu... ?

Elle ne parut pas entendre. Son regard au feu étrange était rivé sur celui du colosse qui, parvenu devant elle, ne bougeait plus.

— Votre plan était bien combiné, ce soir, dit-elle. Vous m'attendiez dans la rue voisine avec deux chevaux, selon notre arrangement. Nous avons quitté la ville par la Porte Sud. Nous devions prendre un raccourci qui nous mènerait dans le Bois-aux-Mandragores pour que j'y cueille de mes propres mains l'herbe magique qui me guérirait de ma stérilité et nous donnerait, à mon époux et à moi, un fils longtemps désiré.

Elle reprit haleine et continua de sa voix égale au timbre presque impersonnel :

— Quand nous atteignîmes le petit bois, vous m'avez dit que la plante bénéfique poussait à l'intérieur, près du Temple de la Dame Blanche. J'avais peur dans ce sous-bois obscur, et je fus plus effrayée encore quand, ayant passé votre torche entre les briques éboulées, vous me fîtes voir la grande statue de marbre. Hélas, ce n'est pas la Déesse que j'aurais dû craindre... mais vous, Yang !

Les lèvres du colosse remuèrent, mais sans y prêter attention, Lotus d'Or poursuivit inexorablement :

— Vous eûtes l'audace de me parler d'amour, me disant que j'étais la plus belle des femmes, et m'engageant à fuir avec vous. Quand, stupéfaite, je vous eus dit ce que je pensais de vous et de votre scandaleuse proposition, vous êtes tombé à mes genoux, me suppliant de réfléchir. Vous avez voulu baiser mes pieds, mais je reculai vite, vous traitant de perfide débauché. Vous vous êtes alors transformé en un horrible monstre.

Recroquevillé sur lui-même, le géant essaya de détourner les yeux, mais, comme fasciné, il n'arriva pas à les détacher du brûlant regard. Lotus d'Or se pencha vers lui et dit d'une voix coupante :

— Devant mon époux chéri, je vous accuse, Yang, de m'avoir violentée dans le temple en ruines. Vous m'avez ensuite liée, nue, sur l'autel de marbre, m'expliquant que vous alliez me faire périr en m'ouvrant les veines une par une pour asperger la Déesse de mon sang. Vous m'avez dit : « Personne ne viendra te chercher ici, et nul ne saura jamais ce qui t'est arrivé. C'est le moment pour toi de prier la Déesse. Va... prie-la bien ! » Puis, en ricanant, vous êtes parti rassembler des brindilles résineuses pour votre torche qui menaçait de s'éteindre. Étendue sans défense aux pieds de la statue, je levai les yeux et vis rougeoyer le rubis à son index. Son feu semblait mettre un peu de chaleur sur mon corps dénudé que glaçait le marbre de l'autel. Je priai la Déesse, femme comme moi, de venir en aide à une malheureuse créature sur le point d'être torturée jusqu'à la mort après avoir subi les outrages d'un débauché. Il me sembla que la corde nouée autour de mon poignet droit se détendait quelque peu. Je le secouai dans un effort désespéré et le nœud se défit. Je pus libérer ma main et finis de délier les cordes. M'asseyant sur l'autel, je jetai à la Déesse un regard d'humble gratitude. Dans la lumière incertaine de la torche fumeuse, je crus voir ses lèvres sourire pour me rassurer. Je sautai à terre, m'enveloppai dans mes vêtements de dessous, et me glissai au-dehors par une brèche du mur. J'atterris au milieu de buissons épais, et, tandis que je me frayais un chemin avec peine, je vous entendis m'appeler. Folle de terreur, je continuai d'avancer sans prendre garde aux épines qui me déchiraient les mains.

Lotus d'Or s'arrêta brusquement. Se tournant à demi, elle lança un regard étonné à son mari. D'une voix qu'on entendit à peine, elle ajouta :

— Ensuite... je ne sais plus. Mais me voici dans ma propre demeure, et...

Elle vacilla. Monsieur Kou fit rapidement le tour de la table et prit le bras de la jeune femme. Regardant le juge, il balbutia :

— Je n'y comprends rien, Votre Excellence. Elle n'est pas sortie ce soir. Comment pourrait-elle...

— Votre épouse vient de nous raconter ce qui s'est passé il y a quatre ans, Monsieur Kou, dit gravement le juge Ti.

XVIII

*Un cerveau malade
tente de justifier ses actes ;
la tortue fait un repas bien mérité.*

Monsieur Kou emmena la jeune femme, la soutenant avec sollicitude. Le juge fit signe aux sbires d'entrer, et, tandis que quatre hommes entouraient Yang, il commanda :

— Qu'on rallume les appliques murales !

Il y eut un nouveau roulement de tonnerre. Une pluie torrentielle s'abattit sur le toit et un brusque coup de vent fit claquer les volets. La tempête se déchaînait enfin.

Le Dr. Pien désigna l'antiquaire du doigt.

— C'est lui qui m'a donné la poudre, chevrota-t-il. En m'assurant que c'était un somnifère. Comment aurais-je pu deviner...

— Vous m'avez volé un domino, Pien, l'interrompit le magistrat d'un ton glacial.

— Je vais tout expliquer à Votre Excellence ! Yang désirait que Sia se rendît au pavillon à la place de Tong. Il s'agissait d'une affaire importante, et Sia devait y aller après la course des Bateaux-Dragons. Au cours de l'après-midi, j'ai demandé à Sia s'il s'était muni d'une contremarque en sortant de la ville. Il me dit non. Alors, quand mon regard tomba sur le double-blanc, je le pris pour le remettre plus tard à Sia, après avoir griffonné un numéro dessus.

Avec un air suppliant, il gémit :

— Yang m'a contraint à l'aider, Votre Excellence, je le jure ! Je lui avais emprunté de l'argent. Une trop grosse somme. J'étais victime de mauvais placements, mes créanciers me pressaient, mon épouse me harcelait du matin jusqu'au soir. Yang pouvait me ruiner, briser ma carrière... Il me donna un petit sachet en disant que c'était un somnifère sans danger. Moi, je l'ai cru. Par la suite, lorsque je compris que j'avais empoisonné Tong, je ne sus que faire...

Il cacha son visage dans ses mains.

— Vous connaissiez l'assassin, Pien ! En ne le dénonçant pas vous êtes devenu son complice. Le degré exact de votre culpabilité sera établi plus tard. Chef des sbires, que deux hommes mettent le Docteur dans un palanquin et le conduisent à la prison.

Le Sergent ramassa la canne de Pien tombée sur le sol et la lui tendit. Escorté par les sbires, le Docteur se dirigea vers la porte en boitillant.

Son gros visage dénué d'expression, l'antiquaire avait assisté à cette scène sans plus bouger qu'une statue.

Le juge se tourna vers lui et, croisant ses bras dans les larges manches de sa robe, il dit :

— Yang, vous avez enlevé Madame Kou et vous l'avez violée. Vous serez condamné à la peine capitale sous sa forme la plus terrible : le supplice de la mort lente. A présent, confessez tous vos crimes. Expliquez-nous comment vous avez fait empoisonner Tong Mai et poignarder Madame Ambre. Comment vous avez tué de vos propres mains l'étudiant Sia et la femme Meng, et comment vous avez essayé d'assassiner votre complice, le Dr. Pien. Si vous dites toute la vérité, je pourrais demander aux Autorités Supérieures que la sentence de mort soit exécutée de façon moins atroce.

Yang ne parut pas l'avoir entendu. Il regardait fixement devant lui, l'air hébété.

— Avouez aussi, continua le juge, le vol des objets d'or dans l'ancien Temple de la Déesse du Fleuve.

— Vous trouverez les vases liturgiques dans mon coffre-fort mural, dit enfin l'antiquaire d'une voix atone. Tous les neuf. Coulés par l'un des plus grands orfèvres de notre glorieuse Dynastie Han. J'avais besoin d'argent, mais ne pus me résoudre à fondre ces magnifiques œuvres d'art. Ils sont tous là, et le rubis aussi.

245

Il s'arrêta pour regarder le juge et demanda en fronçant les sourcils :

— Mais comment avez-vous découvert cela ?

— Lorsque je vous ai rendu visite, ce matin, vous avez prétendu n'être jamais allé dans le temple. Pourtant, au cours de la conversation, vous m'avez dit que l'autel était séparé du piédestal de la statue. Or, le livre que vous me montriez comme source de votre savoir dit de façon fort claire qu'autel, piédestal et statue ont été sculptés dans un seul et même bloc de marbre. Une note manuscrite de mon exemplaire explique que l'autel et le piédestal, séparés à l'origine, ont été cimentés ensemble, et que ce ciment a été enlevé par la suite sur l'ordre d'un nouveau magistrat. Je supposai donc que vous mentiez en prétendant n'avoir jamais visité ce temple, et que vous confonfiez la chose lue et la chose réellement vue par vous. C'était pure supposition de ma part, bien entendu ; rien ne vous empêchait d'avoir lu ailleurs que le ciment n'était plus là. Mais vous avez confirmé mes soupçons en tombant dans le piège que je vous ai tendu ce soir.

— Ainsi, vous n'aviez que de vagues soupçons ! constata l'antiquaire avec amertume. Je reconnais que ce fut très habile à vous d'envoyer votre Sergent m'emprunter une main de bois peinte en blanc avec une bague ornée d'un rubis.

Je me demandai aussitôt si vous possédiez la preuve que j'avais volé le trésor du Temple, ou si vous désiriez simplement tendre un piège aux autres. Il fallait que je sache ce qui se passerait ici ce soir. Je vins donc, prêt à vous réduire au silence, vous ou bien ce lâche de Pien.

L'antiquaire tira un couteau de sa robe. Le Chef des sbires sauta sur lui, mais Yang jeta son arme sur la table en disant avec mépris au policier :

— N'ayez pas peur, mon ami !

S'adressant de nouveau au juge, il poursuivit :

— Je sais reconnaître ma défaite. Je suis expert dans l'art de lancer le couteau, et je n'aurais pas manqué mon but tout à l'heure, mais elle était là... entre vous et moi.

Il fronça les sourcils et brusquement demanda :

— Comment avez-vous découvert que j'avais failli tuer tantôt ce pleutre de Docteur ?

— Je connais assez la médecine pour savoir qu'une contusion faciale et quelques coups reçus n'interdisent pas de mouvoir un blessé. On ne vérifie l'absence de lésions internes que dans certains cas, par exemple après une chute d'un lieu élevé. Et les voleurs ne déchirent pas de haut en bas la robe de leur victime pour voir s'il a de l'argent dans sa ceinture. Je conclus de ces deux faits que vous aviez lancé le Docteur par la fenêtre de votre premier étage, que sa robe s'était accrochée aux pointes de fer placées sous les fenêtres, ce qui, en ralentissant sa chute, l'avait empêché de se rompre le cou...

— Je ne l'ai pas jeté par la fenêtre, interrompit Yang d'un ton brusque. Pien était venu pleurnicher à propos de la mort de la vieille proxénète. Lorsqu'il me dit qu'il ne pouvait plus garder le silence, je lui assénai un bon coup de poing, sans penser à quelle chiffe molle j'avais affaire. Il est passé à travers l'écran de la fenêtre avant que je puisse le retenir. Je descendis en toute hâte et vis que sa robe, en s'accrochant aux pointes de fer comme vous l'avez deviné, avait amorti sa chute. Le dommage n'était pas grand et il n'avait pas perdu connaissance, mais un passant pouvait nous voir à tout moment. Je me contentai donc de lui dire : « Que ce petit incident te serve de leçon. C'est un avant-goût de ce qui t'arrivera si tu t'avises de me trahir. Pour l'instant, tu vas prétendre qu'un malandrin t'a attaqué. » Je le traînai de l'autre côté de la rue pendant qu'il me suppliait de l'épargner ! J'aurais pu l'achever sur place, mais il me doit pas mal d'argent, et, au surplus, j'ai pensé que cette histoire d'agresseur inconnu embrouillerait gentiment les pistes.

— En effet, acquiesça le juge Ti. Demain, je recevrai vos aveux dans la salle du tribunal. A

248

présent, je désire seulement vérifier les points principaux. Le Dr. Pien a bien dit la vérité au sujet de l'empoisonnement de Tong Mai ?

— Bien entendu ! Vous n'imaginez pas que je chargerais ce névropathe d'empoisonner quelqu'un ? J'ai besoin, lui ai-je dit, de mettre Tong hors de la circulation pour une heure ou deux, le temps que Sia se rende à sa place à un rendez-vous dans le petit pavillon. J'ajoutai qu'avec un timbalier somnolent, son bateau perdrait la course, ce qui me permettrait de ramasser la forte somme. Je lui remis la poudre que je baptisai « somnifère » avec ordre de la verser dans la tasse de Tong. Pien a peur de moi et il me doit de l'argent, comme je vous l'ai dit, aussi a-t-il obéi sans sourciller. Evidemment ce n'était pas un somnifère, mais un poison violent ! La chance n'a cependant pas joué en ma faveur, il a fallu que votre maudit Contrôleur-des-Décès se trouve là. Sans lui, Pien se serait imaginé que sa drogue avait agi trop fortement sur le cœur de Tong ; il aurait diagnostiqué une défaillance cardiaque et personne ne se serait aperçu de rien !

— Vous vouliez que Sia prenne la place de Tong pour vous rapporter la perle et les lingots d'or ?

— Pas du tout ! Je n'avais entendu parler ni de l'or ni de la perle ! Je voulais uniquement tenir à ma merci cette prétentieuse petite putain d'Ambre. Elle s'est refusée à moi quand elle n'était encore qu'une esclave sans beaucoup de charme. A la suite de cet affront, je racontai au vieux Tong qu'elle avait essayé de me séduire et il l'a fait fouetter sous mes yeux. Mais ce n'était pas une punition assez forte pour la petite garce. Je suis certain qu'elle couchait avec Tong, même après que cet imbécile de Kou eut fait d'elle sa Seconde Épouse. Tong a prétendu le contraire quand je l'en ai accusé, mais ce n'était qu'un sale maître-chanteur, et elle... Je connais ces filles-là ! Je voulais lui donner une bonne leçon, l'obliger à crier grâce... à m'implorer comme Lotus d'Or dans le temple...

Il s'interrompit ; une sombre lueur brilla dans ses yeux et il reprit plus doucement :

— Non, il ne faut pas associer le nom de cette petite ordure d'esclave avec celui-là. Je n'avais pas pu tuer Lotus d'Or sur l'autel de la Déesse. Comment m'aurait-il été possible de tacher de sang cette parfaite nudité ? Je voulais seulement lui faire peur pour qu'elle m'appartienne à jamais. Ce serait un crime atroce de détruire une telle beauté, et, pas plus qu'il y a quatre ans, je n'ai pu la tuer ce soir en la voyant toujours si belle !

Yang enfouit son visage dans ses mains. Il y eut un long silence, que troublait seul le crépitement de la pluie sur le toit. Kouang Min regardait l'antiquaire avec des yeux arrondis. Il voulut parler, mais le juge lui fit signe de se taire. Yang baissa ses mains et reprit d'un ton plus calme :

— J'avais commandé à Tong de réparer le pavillon. Le bouge de la vieille sorcière devenait un endroit trop dangereux et elle exigeait de plus en plus d'argent. Tong aussi, pour les filles bêtes et sales qu'il me procurait. Bêtes et sales, oui, mais j'avais besoin d'elles pour tirer vengeance du crime commis contre moi par Lotus d'Or. Je renonçai aux services de Tong, lui promettant une indemnité régulière pour qu'il me laissât tranquille. J'employai Sia à sa place. C'est un stupide petit voleur, mais il fallait que quelqu'un me tînt au courant de ce qui se passait dans cette maison. Le Docteur m'assurait que Lotus d'Or ne retrouverait jamais la mémoire, mais je voulais en être sûr et savoir comment elle allait... ce qu'il advenait d'elle.

Il s'arrêta vaincu par l'émotion, puis, après s'être de nouveau maîtrisé, il reprit d'une voix ferme :

— Sia se rendait utile en tirant de Tong toutes sortes de renseignements. Voici quelques jours, il me dit : « J'ai la preuve qu'Ambre couche avec lui, car ils ont rendez-vous dans le pavillon après la course des Bateaux-Dragons. » Ainsi,

251

ce couple lubrique allait prendre ses ébats sur mon divan... le divan placé par moi pour y attacher les ignobles putains sur lesquelles s'exerçait ma légitime vengeance ! Je décidai d'y mettre bon ordre. Sia irait à la place de Tong pour me préparer Ambre, et, au lieu de son amant, elle trouverait un justicier qui la réduirait à une humiliante impuissance sur la couche même où elle comptait se vautrer avec son complice !

Le visage de l'antiquaire se rembrunit. Il jura tout bas et poursuivit :

— Il a fallu que cet imbécile de Sia gâche tout ! En arrivant dans la maison où nous devions nous rencontrer il était dans un terrible état d'agitation. Il me raconta une histoire confuse : Ambre lui aurait donné un coup de poignard pendant qu'il tentait de la déshabiller, et lui, perdant la tête, l'avait tuée. Et ce qui n'arrangeait pas les choses, il avait été suivi en se rendant au pavillon... et par des officiers du tribunal ! Je lui servis une tasse de vin et le fis s'étendre, le temps de réfléchir à la situation. En l'aidant à s'allonger, je sentis quelque chose de lourd dans sa manche et y trouvai dix jolis lingots d'or ! Sia voulut fuir, mais je le saisis par le cou et lui serrai la gorge. Le coquin alors confessa tout. Il savait qu'Ambre apporterait cet or et il avait fait le projet de la voler. Je voulus savoir pourquoi elle transportait pareille somme. Pour acheter à Tong la Perle de l'Empereur, me répondit-il. Le crédule imbécile n'avait rien compris ! Cette histoire était évidemment une ruse du couple pour faire cracher à Kou l'argent nécessaire à leur fuite. Je me gardai bien de l'éclairer, car Ambre morte et l'or en ma possession, il fallait que Sia disparaisse. Je lui dis que je passais l'éponge sur sa conduite et lui laisserais même un lingot d'or... à condition qu'il m'aide à trouver la perle. Nous décidâmes qu'il dormirait dans la maison où nous étions, et que le lendemain matin il irait au pavillon sous l'habit d'un charpentier. Je m'y rendis moi-même, racontant à mon commis que j'allais voir une pierre portant une inscription ancienne déterrée par un villageois. Je connais un raccourci qui mène à la propriété du vieux Tong. Après avoir chevauché un quart de lieue sur la grand-route, je pris le chemin de terre, près de la grosse ferme située en cet endroit, et traversai le champ de riz jusqu'à la lisière orientale du Bois-aux-Mandragores. Trois ormes blancs marquent l'entrée d'une sente étoite qui conduit à l'ancien Temple de la Déesse. Un autre sentier part de ce point, fait le tour du bois, et finit derrière le domaine des Tong. J'attachai ma monture à l'un des ormes et gagnai le pavillon. On peut dire que Sia connaissait son métier de voleur ! Il commença par explorer le toit du bâtiment et regarda sous chacun des chevrons, car Tong lui avait dit que la perle était dans un endroit où nul ne songerait à la chercher. A part quelques nids d'oiseaux, Sia ne trouva rien, bien entendu, puisque l'histoire de la perle était pure fantaisie. Je lui fis arracher le plâtre des murs et fendre les pieds de la couchette, pensant que cela vous fournirait matière à réflexion. Il y a plus d'un an que je vous connais, Seigneur Juge, et vous n'êtes pas bête, je l'admets volontiers ! Quand il eut bien mis tout sens dessus dessous, je ramassai une brique et lui défonçai le crâne. Après avoir traîné le cadavre dans le fossé, je regagnai la ville par le chemin que j'avais pris pour venir. En partant, je vis arriver ce rapiat avantageux.

Kouang Min s'étouffa d'indignation. Sans s'occuper de lui, le juge demanda :

— Vous avez reconnu Mademoiselle Pivoine lorsqu'elle se dirigeait vers le tribunal, je suppose ?

— Comment ne pas reconnaître entre mille ce stupide visage lunaire ? La semaine dernière, j'avais dit à Sia de me l'amener ; la douleur fait pousser aux filles de son genre des cris aigus tout à fait réjouissants. Quand j'ai vu l'ex-lutteuse avec trois truands, j'ai compris que Sia n'avait pas prévenu ceux-ci que l'affaire était annulée.

Pris sur le fait, les coquins allaient divulguer l'adresse de la vieille sorcière qui, pour sauver sa peau, ne manquerait pas de me dénoncer. Je courus donc chez elle. Cette fois, la chance me sourit : la vieille était seule !

— Cela suffit, dit sèchement le magistrat. Il fit un signe au Chef des sbires et demeura silencieux pendant que les gardes enchaînaient Yang. Lorsqu'ils eurent terminé, il demanda :

— Vous en vouliez à Madame Kou et à Madame Ambre parce qu'elles avaient repoussé vos avances, mais ces autres femmes, pourquoi les torturiez-vous ? Des femmes que vous ne connaissiez même pas.

Le colosse se redressa dans un bruit de chaînes entrechoquées.

— Je ne crois pas que vous puissiez comprendre, répondit-il avec calme. Je vais tâcher tout de même de vous expliquer. Ambre m'intéressa quelque temps parce que je devinai — comme le fit Kou — que cette fillette sale deviendrait un jour une vraie beauté. Mais sous la belle enveloppe se trouvait seulement l'âme d'une petite esclave vicieuse. Lotus d'Or, elle, c'est la perfection corporelle illuminée par le rayonnement d'un feu intérieur, d'un feu que la pudeur et l'éducation tempèrent en ajoutant à sa splendeur physique leur grâce mystérieuse. Oui, Lotus d'Or représente la beauté parfaite, et c'est à la beauté que j'ai voué ma vie parce qu'elle seule la rend digne d'être vécue.

Le débit de Yang se fit plus rapide tandis qu'il continuait :

— La beauté créée par l'artiste — qu'il emploie la pierre ou le bois, l'argent ou la porcelaine, le bronze ou l'or — ne peut jamais rivaliser avec celle qui palpite et qui vit dans le corps d'une femme. Et cette beauté suprême ne peut être pleinement goûtée que par la possession physique. Ce sont les caresses renouvelées qui font chaque jour découvrir à l'amant admiratif de nouveaux attraits et lui apportent de nouvelles délices. Posséder Lotus d'Or était le but de ma vie, la glorieuse récompense à laquelle me donnaient droit de longues années tout entières consacrées à l'amour du beau, à son étude et à sa préservation. Ce soir-là, dans le temple, la cruelle m'a assassiné. Son mépris tua en moi le pouvoir viril de tirer du plaisir de la beauté, me laissant infirme, avec pour seul et ardent désir celui de venger cet affront !

Une lueur démente luisait maintenant dans les yeux du colosse qui poursuivit avec une exaltation croissante :

— Mais l'outrage a été lavé, le mort est ressuscité pour prendre sa revanche ! A mon tour, j'ai torturé l'inhumaine meurtrière, celle qui nous séduit avec ses doux sourires et ses regards modestes pour nous repousser ensuite dédaigneusement et faire de nous de pitoyables épaves. Toutes celles que j'ai vu ramper devant moi ont crié grâce avec sa voix. En les flagellant, je lacérais sa chair, et le sang rouge qui coulait, c'était le sien...

Il s'interrompit pour lécher l'écume apparue au coin de ses lèvres, puis ses traits se détendirent et, soudain calmé, il conclut :

— J'ai fait ce que j'estimais devoir faire. Je suis prêt à en subir les conséquences.

Le juge fit signe au Chef des sbires. Les gardes emmenèrent le colosse.

Essuyant la sueur qui mouillait son front, le magistrat s'assit. Après avoir toussoté pour s'éclaircir la voix, Monsieur Kouang Min demanda :

— Votre Excellence me permet-elle de lui poser une question ?

Le juge Ti inclina la tête d'un air las et le marchand poursuivit :

— Monsieur Yang me doit une somme importante pour deux bronzes anciens que je lui ai vendus. Le Tribunal me la versera-t-il, en la prélevant sur les biens du criminel confisqués par l'État ?

— Vous pouvez y compter, Monsieur Kouang. J'aurai besoin de votre témoignage, soyez demain au tribunal. Après cela, vous serez libre de continuer votre voyage.

— Je remercie bien vivement Votre Excellence.

Secouant la tête avec tristesse, Kouang Min ajouta :

— J'avais toujours considéré Yang et Pien comme des hommes d'affaires sérieux. Cela montre combien il faut faire attention en choisissant les personnes avec qui l'on traite ! Je suis très reconnaissant à Votre Excellence de m'avoir permis d'assister à la petite séance de ce soir, ce fut fort instructif. Mais Votre Excellence a toujours su que Yang et Pien étaient les coupables ?

— En effet, répondit le juge pour se débarrasser de lui.

— Extraordinaire ! Et dire que j'ai eu la fugitive impression que Votre Excellence me soupçonnait ! Comme les pauvres marchands que nous sommes ont du mal à comprendre la façon subtile dont fonctionne l'esprit des personnages haut placés !

— Vous pouvez vous retirer, Monsieur Kouang, dit le juge d'un ton acide. Transmettez mes vœux de prompt rétablissement à Monsieur Souen.

— Merci, Seigneur Juge. Il sera très sensible à votre attention. Mais je crains bien qu'il ne soit au seuil d'une nouvelle crise. Je connais les symptômes. Aussi, quand après le riz de midi, les éructations commencèrent et qu'il se plaignit d'avoir envie de...

— Veux-tu raccompagner Monsieur Kouang ? demanda le juge à son assistant.

Kouang Min s'inclina très bas et suivit le vieux Sergent.

— Quel exaspérant bonhomme, murmura le juge. Il sortit de sa manche la main de bois et, avec précaution, la détacha du dos de la tortue sur lequel il l'avait collée avant de se rendre à la réunion. Le petit animal demeura immobile, tête et pattes rentrées sous sa carapace.

Le Sergent reparut bientôt. Allant vers le guéridon du coin, il s'assura que la théière était encore chaude et emplit une tasse. Le magistrat lui dit en souriant :

— Donne à notre petite amie les feuilles de salade que tu agitais derrière le dos de nos trois invités.

Hong vint placer la tasse devant son maître, puis, prenant dans sa manche une poignée de feuilles vertes, il les déposa sur la table. La tortue sortit aussitôt sa tête, cligna des paupières devant la clarté des bougies, et se dirigea vers l'alléchant repas.

XIX

*Le magistrat expose au Sergent
la genèse de ses soupçons ;
il trouve la clef d'une énigme ancienne.*

Une expression peinée sur son vieux visage, le
Sergent Hong regarda le juge vider lentement sa
tasse. Lorsque son maître eut fini de boire, il lui
dit d'un ton de reproche :

— Cet après-midi, Votre Excellence m'a mis
au courant du piège qu'Elle allait tendre à Kou,
à Pien et à Kouang Min. Mais pas un mot n'a été
prononcé au sujet de Yang.

— Assieds-toi, Hong, commanda doucement
le juge Ti. Il desserra le haut de sa robe et
repoussa son bonnet en arrière, puis, les avant-
bras posés sur la table, il expliqua :

— L'indice du domino disparu suggérait que
le nombre des suspects se limitait à trois : Kou,
Pien et Kouang Min. Que l'un d'eux eût agi sur
l'ordre d'un quatrième était pourtant possible,
et j'accordai une certaine importance à cette
éventualité parce que la façon dont les deux

derniers meurtres avaient été commis ne me semblait pas s'accorder avec le reste. Sia et la femme Meng ont été tués sauvagement. Que l'assassin soit Kou, Pien ou Kouang, je le voyais poignarder Sia par-derrière, mais pas lui défoncer le crâne avec une brique ; ou bien verser du poison dans la tasse de la vieille proxénète, mais pas l'étrangler. De plus, les meurtres se sont succédé rapidement et en des endroits éloignés les uns des autres, suggérant un assassin robuste et alerte, accoutumé aux rudes chevauchées à travers la campagne. Ni Kou ni Pien ne correspondait à cette description, pas plus que Kouang Min du reste, car si cet exaspérant homme d'affaires voyage beaucoup, c'est toujours dans le confort de sa jonque. Puisqu'il était question à tout instant du commerce d'objets anciens, je pensai naturellement à l'antiquaire Yang pour ce quatrième suspect. Son physique concordait avec l'image que je me faisais du criminel, et il avait eu les mêmes occasions de commettre les meurtres que les trois autres : il assistait à la course des Bateaux-Dragons et a pris beaucoup d'intérêt au diagnostic formulé par le Contrôleur-des-Décès ; ce matin, il est sorti de bonne heure à cheval et pouvait donc avoir tué Sia ; enfin, il quittait tout juste le tribunal quand l'ex-lutteuse est venue nous faire part de la tentative d'enlèvement de Mademoiselle Pivoine. Il y a, de plus, trois autres points contre lui. Primo : bien qu'il m'eût assuré n'être jamais allé dans l'ancien temple, il savait que l'autel était séparé de la statue. Ceci laissait croire qu'il avait visité l'endroit, probablement avec l'intention d'y commettre un vol. Secundo : il affirmait trop ne connaître ni Tong ni Sia, ce qui paraissait hautement invraisemblable puisque tous trois s'occupaient d'antiquités. Tertio : il a prétendu que les renseignements donnés par Cheng Pa sur les embarras financiers du Dr. Pien étaient faux, et ce désir d'écarter les soupçons du Docteur m'a fait supposer que celui-ci était son complice.

Le juge attendit que Hong eut rempli de nouveau sa tasse pour reprendre :

— D'un autre côté, Yang pouvait avoir lu dans quelque vieux bouquin inconnu de moi une description correcte de l'intérieur du temple. Tong et Sia l'évitaient peut-être parce qu'ils l'estimaient un concurrent dangereux. Et pourquoi le Dr. Pien ne lui aurait-il pas caché ses embarras pécuniaires, connus seulement des hommes de Cheng Pa à qui rien n'échappe ? Chose plus importante encore, je ne voyais pas, si c'était lui le coupable, le pourquoi de ses crimes. Je connaissais bien l'antiquaire et ses habitudes, si donc il existait un mobile, sa cause première remontait assez loin dans le passé. Comme je n'avais pas le temps de me livrer à une enquête approfondie, je décidai de prendre des mesures propres à établir immédiatement, soit la justesse de mes déductions logiques, soit l'exactitude de mon intuition. C'est pourquoi le piège de ce soir était tendu à l'intention de deux catégories de suspects. Si le coupable était Kou, Pien ou Kouang Min, j'espérais que ma lecture de la lettre fictive, mes allusions à une prétendue erreur du criminel et la brusque apparition de la main fantomatique venant après mes réflexions macabres effraieraient suffisamment notre homme pour l'amener à se trahir. Je t'ai expliqué tout cela en détail avant l'opération. Ce que je ne t'avais pas révélé, c'est que je m'attendais, si Yang était l'assassin, à ce qu'il vienne écouter notre conversation. Tu as entendu les ordres que j'ai donnés au Chef des sbires avant de quitter le tribunal : nous suivre ici, et, dès que j'aurais renvoyé le majordome, rassembler tous les serviteurs dans une pièce du fond, le portier excepté. Ensuite, se dissimuler avec ses hommes dans le coude fait par le corridor, arrêter quiconque sortirait de la bibliothèque, mais ne pas intervenir si quelqu'un venait de l'extérieur. Ces instructions avaient pour objet d'empêcher la fuite de Kou, de Pien ou de Kouang Min si l'un d'eux était le coupable, et, en même temps, de permettre à Yang de nous épier... si c'était lui le criminel. Eh bien, vois-tu, mon intuition était juste, et Yang est tombé dans le piège. Tu l'as entendu : il était venu avec l'intention « de me réduire au silence », ce qui aurait prouvé de façon irréfutable sa culpabilité.

— Mais quel risque terrible vous avez couru, Noble Juge. Si j'avais su cela, jamais je n'aurais accepté ce plan !

Le juge Ti jeta un regard affectueux à son vieil assistant et dit :

— C'est précisément pour cette raison que je ne t'en ai pas parlé, Hong.

— Dans le fond, vous avez bien fait, Noble Juge. J'avais assez peur comme cela ! Je craignais tout le temps de voir l'un des trois hommes vous attaquer.

— Je n'étais pas très rassuré moi-même. N'ayant vu cette pièce qu'une seule fois auparavant, j'avais fait l'erreur de croire que, lorsque les bougies murales seraient éteintes, la lumière de celle placée sur la table me permettrait de surveiller la porte à ma droite en même temps que les trois hommes assis devant moi. Si l'antiquaire vient épier notre conversation, pensais-je, je verrai la porte s'entrouvrir, et s'il pénètre dans la bibliothèque pour m'attaquer, j'aurai le temps d'appeler les shires et de me préparer à le recevoir. Seulement, il se trouva qu'à ma droite l'ombre fut beaucoup plus opaque que je ne m'y attendais, et que discourir, regarder mes trois suspects, et surveiller la porte en même temps se révéla chose impossible. Quand je compris que quelqu'un venait de s'introduire dans la pièce et que j'entendis respirer derrière mon dos, j'eus peur, cette fois, d'avoir trop tenté la Providence !

Il se passa la main sur les yeux et poursuivit d'un ton las :

— A présent que j'ai entendu la confession de Yang, je vois que tout a commencé lorsque cet homme vieillissant et solitaire s'éprit de Lotus d'Or. L'amour qu'il éprouva se confondit avec son goût passionné pour les œuvres d'art, et ce double sentiment fit naître en lui un désir irrésistible de goûter à des plaisirs qui, bientôt, ne pourraient plus être les siens. Posséder Lotus d'Or dans le temple en ruine pour aussitôt la perdre à jamais acheva de détruire son équilibre mental, affecta ses capacités viriles, et produisit une sorte de rage démente qu'il tenta d'apaiser en maltraitant des femmes plus accessibles.

Le juge poussa un soupir, puis reprit :

— Quant à Pien, la loi est formelle : il devrait avoir la tête tranchée. Mais il existe dans son cas des circonstances atténuantes, et je demanderai que la sentence de mort soit commuée en une longue peine de prison. Il faut que je m'occupe aussi de Mademoiselle Pivoine. Quand l'affaire sera terminée, nous accorderons une petite somme à son père sur les biens de Yang pour qu'il puisse la racheter. Cette fille m'a fait bonne impression, et elle mérite sûrement un autre sort que celui de prostituée dans une maison de joie.

Il regarda un instant la tortue grignoter ses feuilles vertes.

— Cette petite bête a bien joué son rôle, constata-t-il, mais les choses ont tourné tout autrement que je ne l'escomptais. A présent, bien sûr, je vois clairement ce qui s'est passé. J'avais oublié Madame Kou quand j'ai ordonné au Chef des sbires de rassembler les serviteurs. Le pauvre homme s'en est tenu à la lettre de ses instructions et a emmené aussi les femmes qui la gardaient. Laissée seule, elle quitta sa chambre et se mit à errer dans la maison vide. Elle a dû voir Yang s'approcher de la bibliothèque sans que celui-ci l'aperçoive. Depuis le soir du viol, l'antiquaire s'est arrangé pour ne pas se trouver en présence de sa victime. Lorsqu'il rendait visite à Monsieur Kou, m'a-t-il confié, il n'allait jamais au-delà de la salle de réception pour ne pas voir les trésors de son hôte. Sa véritable raison, c'est qu'il craignait de rencontrer Lotus d'Or qui aurait pu le reconnaître et brusquement se souvenir de tout. Ce soir, elle ne l'a pas d'abord reconnu, mais un travail s'est fait dans son cerveau malade et elle l'a suivi. Tu l'as vue entrer dans la bibliothèque, Hong. Elle est passée près de Yang qui se tenait dans le coin gauche, s'est dirigée vers la lumière de la bougie, et se plaça derrière mon fauteuil. Il se trouve qu'une tempête se préparait, recréant la même lourde atmosphère que voici quatre ans. Les personnes dont l'esprit est dérangé sont particulièrement sensibles aux conditions atmosphériques, et cette similitude de temps prépara ce qui allait suivre. Quand je posai sur la table la main peinte en blanc avec son rubis au doigt, Lotus d'Or crut voir la main de la statue de marbre, la main de la Déesse vers laquelle montait son regard lorsqu'elle gisait nue sur l'autel. Soudain, un rapprochement se fit dans son cerveau entre cette main et l'homme du couloir. En un éclair, tout lui revint. Le choc l'avait guérie.

Le Sergent Hong hocha la tête.

— Le Ciel Auguste s'est montré bienveillant pour Monsieur Kou, remarqua-t-il. Dans Sa clémence, il a pris la femme adultère et a guéri l'épouse fidèle.

Avec curiosité, il demanda :

— Comment Votre Excellence sait-elle qu'un orage a éclaté la nuit de l'enlèvement ? Je ne me souviens pas que Madame Kou en ait parlé.

— Personne n'en a rien dit, Hong. Mais ne comprends-tu pas que la Dame Blanche dont l'apparition effraya si fort la famille Tong il y a quatre ans n'était autre que Lotus d'Or ? Tout concorde ! Elle arriva demi-nue, les cheveux défaits, les mains et les jambes déchirées par les épines — d'où le sang que vit le vieux Tong. Puis la tempête se mit à faire rage, et la pauvre démente erra toute la nuit dans la campagne. Elle finit par s'effondrer, sans force, près de la Porte Est où des fermiers la trouvèrent au petit matin. Je vérifierai les dates, mais je n'ai aucun doute, elles révéleront que l'enlèvement de Madame Kou et l'apparition du fantôme dans la propriété des Tong ont eu lieu le même soir !

Seuls dans la vaste pièce, les deux hommes écoutèrent un long moment la pluie tomber. A la fin, le Sergent Hong dit avec un sourire de satisfaction :

— Votre Excellence a éclairci ce soir deux mystérieuses affaires dont l'une ne comptait pas moins de quatre cadavres. Sans parler de la vieille énigme de l'apparition de la Dame Blanche !

Le juge Ti porta la tasse de thé à ses lèvres. Après avoir bu une gorgée, il la reposa et dit d'un air songeur :

— Les assassinats, oui, j'ai découvert leur auteur. J'ai expliqué aussi l'apparition de la Déesse. Mais la part qu'Elle a pris dans tout ce qui est arrivé ici... cela, Hong, est au-delà de mes raisonnements.

Il se leva et remit la petite tortue dans sa

manche, puis, tout en arrangeant les plis de sa robe, il déclara :

— La pluie semble moins forte. Retournons au Yamen.

XX

Le juge Ti fait une trouvaille imprévue ;
il rend enfin justice à Madame Ambre.

Le lendemain, peu après l'aube, le juge Ti et le Sergent sortirent de la ville par la Porte Sud. L'orage de la veille avait nettoyé l'atmosphère, et, tout en chevauchant, les deux hommes admiraient la beauté de la campagne.

Le juge avait passé une fort mauvaise nuit. La rédaction d'un rapport détaillé pour ses chefs l'avait obligé à se coucher très tard, et les événements survenus dans la bibliothèque de Monsieur Kou hantèrent continuellement son sommeil. La perspective d'entendre à nouveau la confession de Yang pendant l'audience de la matinée ne le réjouissait guère non plus.

Debout de bonne heure après cette nuit péniblo, il avait décidé de faire une promenade matinale avcc Hong. Son objectif était le Bois-aux-Mandragores, et il en profiterait pour voir dans quelle mesure on pouvait débroussailler la forêt. Il avait l'intention de faire suivre son rapport d'une proposition dans ce sens, signalant que l'existence d'un tel endroit risquait d'attirer des malandrins tentés d'y établir leur repaire.

Ils prirent le raccourci dont avait parlé Yang et, aussitôt la rizière traversée, aperçurent les grands arbres de la forêt.

Ils trouvèrent sans difficulté les ormes blancs qui indiquaient le début du sentier conduisant au temple en ruine, mais des arbres déracinés par la tempête obstruaient le chemin, et un fouillis de plantes grimpantes et d'arbustes épineux empêchait de les contourner. Toute marche en avant était impossible.

Les deux cavaliers firent le tour de la futaie, cherchant un autre moyen d'accès, mais partout les arrêta une infranchissable barrière de vieux arbres et d'épais buissons. Leur chevauchée finit par les amener derrière l'ancienne demeure des Tong. Ils en suivirent la muraille extérieure jusqu'à la loge d'entrée. Là, le juge mit pied à terre et dit au Sergent :

— Allons voir s'il est possible de pénétrer dans le Bois-aux-Mandragores en passant par le jardin clos. Il y a quatre ans, Madame Kou a débouché par là. C'est notre dernière chance !

Ils traversèrent le couloir en forme de tunnel et parvinrent au petit jardin.

S'approchant du mur bas, ils scrutèrent l'impressionnante masse verte. Dans l'air calme les feuilles étaient étrangement immobiles. Des oiseaux voletaient en pépiant autour de l'avant-toit du pavillon, mais ne s'approchaient pas de la forêt où, dans un silence absolu, régnait une curieuse atmosphère d'attente.

Au bout d'un temps qui parut interminable au Sergent, le juge secoua la tête.

— Après tout, dit-il, je crois préférable de ne pas déranger la Dame Blanche. Laissons-la en paix au milieu de son bois sacré. Il y a des choses, Hong, dont il vaut mieux ne pas s'occuper. Regagnons Pou-Yang.

Comme il se tournait pour partir, il aperçut dans l'herbe un oisillon qui agitait désespérément ses moignons d'ailes encore dépourvus de plumes. Voyant qu'il n'arrivait pas à s'envoler, le juge le prit dans sa main en murmurant :

— Cette pauvre petite bête est tombée de son nid, mais elle ne paraît pas blessée.

Il leva les yeux pour chercher d'où l'oiseau pouvait bien avoir chu et s'écria :

— Regarde, Hong, le nid se trouve sous l'avant-toit du pavillon ! Sa mère volette à côté. Je vais l'y remettre.

Il grimpa sur le petit mur, et, après avoir remis l'oisillon en place, ne redescendit pas tout de suite. Se haussant sur la pointe des pieds, il

273

examinait le contenu du nid sans se soucier de la mère qui voletait anxieusement autour de sa tête.

Blottis les uns contre les autres au milieu de coquilles brisées, trois oisillons piaillaient en ouvrant largement le bec. A côté d'eux, le magistrat aperçut un petit objet ovoïde. A travers la fiente qui le recouvrait, on devinait sa blancheur translucide.

Le juge le prit délicatement entre le pouce et l'index et redescendit. Arrivé à terre, il l'essuya et, le plaçant dans sa paume, contempla en silence son pur éclat.

— C'est la Perle de l'Empereur, dit-il enfin.

Le Sergent retint son souffle et se pencha pour regarder la précieuse trouvaille. Baissant involontairement la voix, il demanda :

— Ça ne pourrait pas être une imitation, Votre Excellence ?

Le juge Ti secoua la tête.

— Non, mon vieil ami. Personne n'est capable d'imiter la perfection de cette forme ni son orient céleste. Tong n'avait pas menti, c'est bien là le Trésor Impérial perdu depuis si longtemps. Tong était un coquin plein de ressource, il avait dit vrai en se vantant d'avoir caché la perle dans un endroit où personne ne la découvrirait. Lorsque Sia examina les chevrons de l'avant-toit, il vit sûrement le nid, mais les œufs ne devaient pas être éclos. Et nous-mêmes ne l'aurions pas trouvée sans un heureux hasard. Si l'on peut parler de hasard, bien entendu.

Faisant rouler doucement la perle dans le creux de sa main, il dit avec un soupir :

— Après être restée si longtemps disparue, après avoir causé d'innombrables souffrances et fait verser tant de sang innocent, cette perle va enfin revenir à son légitime possesseur, le Fils du Ciel.

Avec respect, il enveloppa l'objet sans prix dans son mouchoir et le glissa dans sa robe en expliquant :

— Je vais remettre notre trouvaille à Monsieur Kou et y adjoindrai un document signé de ma main. Ce papier dira qu'un meurtre ne lui a pas permis d'informer plus tôt le Tribunal de ce qu'il avait appris au sujet du trésor perdu. Monsieur Kou pourra faire sans crainte le voyage de la capitale et porter la perle au Palais. J'espère que les honneurs dont le comblera l'Empereur et la guérison de Lotus d'Or lui permettront de mieux supporter la perte de Madame Ambre. J'ai été très injuste à l'égard de celle-ci, Hong. Jamais elle n'a été la maîtresse de Tong ni n'a songé à s'enfuir avec lui. Elle voulait seulement acquérir la précieuse perle pour Monsieur Kou, pour l'homme qui avait transformé son existence et fait d'une malheu-

275

reuse esclave sa Seconde Épouse, pour l'homme, enfin, dont elle portait l'enfant dans son ventre. Elle ne voyait en Tong que le fils de son ancien maître, chargé à l'occasion d'acheter des objets anciens. Elle ignorait les ignobles services que le misérable rendait à Yang. Je me suis complètement trompé sur le compte de cette jeune femme. C'est une grave erreur de ma part, et je ne peux rien faire pour la réparer, sinon présenter mes plus humbles excuses à l'âme de la pauvre trépassée.

Le juge Ti demeura un moment silencieux, le regard fixé sur les sombres frondaisons du Bois-aux-Mandragores, puis il détourna les yeux et fit signe à Hong de le suivre. Les deux hommes rejoignirent la loge d'entrée, enfourchèrent de nouveau leurs montures et prirent le chemin de Pont-de-Marbre.

Sur la place du marché, les commerçants dressaient déjà leurs éventaires. Il n'y avait personne d'autre dans les rues à cette heure matinale.

Une brume légère flottait sur l'eau placide du canal, s'accrochant aux arbres de la rive qui couvraient de leur ombre la petite chapelle consacrée à la Déesse du Fleuve. Armé d'un balai de bambou, son vieux desservant débarrassait les marches des feuilles récemment tombées. Il jeta un regard indifférent au juge qui

276

venait de mettre pied à terre et montait l'escalier. Visiblement, il n'avait pas reconnu le magistrat.

Une fumée odoriférante s'élevait du brûle-parfum posé sur l'autel. A travers ses volutes bleuâtres, le juge entrevit le léger sourire qui jouait sur les lèvres de la statue. Il croisa ses bras dans les larges manches de sa robe et, les yeux levés vers la Déesse, il repassa en esprit les événements des deux dernières journées. Que d'étranges coïncidences ! Mais pouvait-on vraiment employer ce mot ? Nous qui connaissons si mal nos semblables et les raisons de leurs actes, comment oserions-nous essayer de comprendre celles des Pouvoirs d'En-Haut, organisateurs de nos destinées ?

Il dit doucement :

— Tu n'es qu'une idole faite de main d'homme, mais tu symbolises ce que nous ne connaissons pas, ce que nous ne sommes pas appelés à connaître. Comme telle, je m'incline humblement devant toi.

Quand il se retourna, il vit le vieux prêtre derrière lui. Tandis qu'il cherchait quelques sapèques dans sa manche, ses doigts rencontrèrent une pièce d'argent. Il la sortit et la regarda un instant, perdu en de sombres pensées. C'était la pièce même que lui avait remise Madame Ambre.

Il la tendit au prêtre en disant :

— Le Cinquième Jour de la Cinquième Lune, vous brûlerez un bâtonnet d'encens et vous prierez pour le repos de l'âme de Madame Kou ; nom personnel, Ambre.

Le vieil homme prit la pièce en faisant une profonde révérence. Il s'approcha d'un guéridon et ouvrit le volumineux registre posé dessus. Après avoir chargé d'encre un pinceau fort usagé, il se pencha sur les feuillets jaunis et traça laborieusement le nom de la jeune femme ainsi que la date indiquée.

Le juge redescendit les marches et prit les rênes des mains du Sergent Hong. Au moment où il enfourchait sa monture, le vieux prêtre apparut en haut de l'escalier, tenant encore le pinceau entre ses doigts décharnés. D'une voix chevrotante, il demanda :

— Quel nom écrirai-je pour le donateur, Vénéré Seigneur ? Et quelle est son honorable profession ?

Se retournant sur sa selle, le juge répliqua :

— Écrivez simplement : Ti, de Taï-yuan.

Il poussa un morne soupir et ajouta :

— Étudiant.

CHRONOLOGIE DES ENQUÊTES DU JUGE TI DANS LES ROMANS DE ROBERT VAN GULIK

Le juge Ti est né en 630 à Tai-yuan, dans la province du Chan-si. Il y passe avec succès les examens littéraires provinciaux.

En 650, il accompagne son père à Tch'ang-ngan — alors la capitale de l'Empire Chinois — et y passe avec succès les examens littéraires supérieurs. Il prend pour femmes une Première Épouse et une Seconde Épouse, et travaille comme secrétaire aux Archives Impériales.

En 663, il est nommé Magistrat et affecté au poste de Peng-lai. Les affaires criminelles qu'il débrouille alors sont contées dans les ouvrages suivants :

The Chinese Gold Murders, Trafic d'or sous les T'ang (coll. 10/18, n° 1619).
* *Five Auspicious Clouds.*
* *The Red Tape Murder.*
* *He came with the Rain.*
The Lacquer Screen, le Paravent de laque (coll. 10/18, n° 1620).

En 666, il est nommé à Han-yan :

The Chinese Lake Murders, Meurtre sur un bateau-de-fleurs (coll. 10/18, n° 1632).
** *The Morning of The Monkey.*
The Haunted Monastery, le Monastère hanté (coll. 10/18, n° 1633).
* *The Murder on The Lotus Pond.*

En 668, il est nommé à Pou-yang :

The Chinese Bell Murders, Le Squelette sous cloche (coll. 10/18, n° 1621).
* *The Two Beggars.*
* *The Wrong Sword.*
The Red Pavilion, le Pavillon rouge (coll. 10/18, n° 15).
The Emperor's Pearl, la Perle de l'Empereur (coll. 10/18, n° 1580).
Necklace and Calabash.
Poets and Murder.

En 670, il est nommé à Lan-fang :

The Chinese Maze Murders.
The Phantom of The Temple.
* *The Coffin of The Emperor.*
* *Murder on New Year's Eve.*

En 676, il est nommé à Pei-tcheou :

The Chinese Nail Murders.
** *The Night of The Tiger.*

En 677, il devient président de la Cour Métropolitaine de Justice et réside dans la Capitale :

The Willow Pattern, le Motif du saule (coll. 10/18, n° 1591).

Murder in Canton, Meurtre à Canton (coll 10/18, n° 1558).

Il meurt en 700, âgé de soixante-dix ans.

Les huit titres précédés d'un * sont les récits réunis sous le nom de *Judge Dee at Work,* et les deux précédés de ** ceux qui composent *The Monkey and The Tiger.*

Le lieu et la date de sa naissance ainsi que ceux de sa mort sont réels, les autres ont été inventés par Robert Van Gulik.

Note de l'éditeur : les aventures inédites du Juge Ti seront publiées par 10/18 en 1985-1986.

TABLE

284

Achevé d'imprimer en mars 1985
sur les presses de l'imprimerie Bussière
à Saint-Amand (Cher)

— N° d'édit. : 1446. — N° d'imp. : 792. —
Dépôt légal : août 1983.

Imprimé en France

Nouveau tirage, 1985.